最後の晩ごはん

兄弟とプリンアラモード

道流

角川文庫
23587

プロローグ　7
一章　前に進むということ　20
二章　とまどい　57
三章　隠した傷　91
四章　足跡は続く　127
五章　助け、助けられ　174
エピローグ　214

登場人物

イラスト／くにみつ

五十嵐《いがらし》海里《かいり》

元イケメン俳優。
現在は看板店員として
料理修業中。

夏神《なつがみ》留二《りゅうじ》

定食屋「ばんめし屋」店
長。ワイルドな風貌。料
理の腕は一流。

ロイド

眼鏡の付喪神。海里を
主と慕う。人間に変身
することができる。

五十嵐《いがらし》一憲《かずのり》

海里の兄。公認会計士。真っ直ぐで不器用な性格。

五十嵐《いがらし》奈津《なつ》

獣医師。一憲と結婚し、海里の義理の姉に。明るく芯の強い女性。

仁木《にき》涼彦《すずひこ》

刑事。一憲の高校時代の親友。「ばんめし屋」の隣の警察署に勤務。

最後の晩ごはん　兄弟とプリンアラモード

倉持《くらもち》悠子《ゆうこ》

女優。かつて子供向け番組の「歌のお姉さん」として有名だった。

里中《さとなか》李英《りえい》

海里の俳優時代の後輩。真面目な努力家。舞台役者志望で、現在は療養中。

淡海《おうみ》五朗《ごろう》

小説家。「ばんめし屋」の馴染み客。今はもっぱら芦屋で執筆中。

プロローグ

わりに物怖《ものお》じしない性格だと自負していても、やはり初めての場所に来ると、足取りが少しばかり慎重になってしまう。心臓の鼓動も、いつもより速い。

（いい歳の大人なのに、カルチャースクールに来たくらいで緊張してどうするのよ。しゃっきりしなさい）

自分自身を心の内で軽く窘《たしな》めつつ、五十嵐《いがらし》奈津《なつ》は深呼吸をひとつしてから、自動ドアの前に進み出た。

スーッと微《かす》かな音を立ててガラス製のドアが開き、カウンターの向こうに立っている初老の女性が、人当たりのいい笑顔で迎えてくれる。

「はい、こんにちは。どちらのお教室へお越しでしょ？」

いかにも、習い事に不慣れな人々の扱いに慣れている感じの、和やかで親切そうな、それでいてざっくばらんな態度だ。

「あ……えっと、一時からの、『グリ』」

奈津が皆まで言わないうちに、受付の女性は大きく頷《うなず》き、腕をカウンター越しに伸ばして、奈津から見て右側を指した。

「はいはい、特別講座ですね。あちらに進んでいただいて、A教室になります。入り口に出欠表が置いてあるので、ご自分のお名前のところにチェックを入れて、資料を一部だけ取って、お好きな席にどうぞ」

「あ……はい、わかりました。ありがとうございます」

立て板に水とは、こういうとき、感嘆の念と共に使う言葉なのだろう。

そう実感しながら、奈津は言われたとおり、フェルトタイプのカーペットが敷かれた通路を歩き、指示された教室へ向かった。

なるほど、教室の入り口には高校の教室にあったような小さな机が置かれ、そこにペラリと置かれた紙には、本日の受講予定者のフルネームがズラリと印刷されている。

通し番号を見ると、受講するのは三十四人。それが多いのか少ないのかは、奈津には知る由もない。彼女が気になったのは、まったく別のことだった。

(出欠チェック係を置く余裕がないんだろうけど、これはいかがなものかな!)

動物病院で獣医師として勤務している立場上、奈津には、顧客である飼い主たちの個人情報だけでなく、彼らが連れてくるペットたちの個体情報の管理にも慎重を期す癖がついている。

それだけに、この昭和的に大らかな個人情報の開帳に奈津が神経質になるのは、無理もないことだ。

とはいえ、休日にわざわざそんなことで苦情を言い立てるほど、気力体力が有り余っているわけではない。指示どおりに自分の名前にボールペンでサッとチェックを入れて、彼女は教室に入った。

今日の講師は、映像を使う予定なのだろう。

壁面の窓はすべて黒いカーテンで覆われ、天井にはむき出しの蛍光灯が煌々《こうこう》と光っている。昼過ぎなのに、もう夜のような趣だ。

外が快晴なのでいささか惜しい気がするし、少し陰鬱《いんうつ》な雰囲気すら漂うが、こればかりは仕方がない。

（カルチャースクールには初めて来たけど、けっこう学校の教室っぽく殺風景なのね。それとも、ここがそうなだけなのかな。でも、そのほうが気楽）

もっと優雅で華やかな「大人のサロン」的なものを想定していた奈津は、拍子抜けした気分で広い教室の中を見回した。

長い机と椅子が整然と並んでいるのかと思いきや、教壇を囲むように扇形に配置されているのは、小さな机がついたパイプ椅子だった。

この教室は、いわゆる多目的室なのだろう。

様々なタイプの講座に対応できるよう、机と椅子を敢《あ》えて固定しない方式にしているに違いない。

（うーん、資料を広げたり、筆記したりするスペースが小さいのは嫌だけど、まあしょ

うがないか）

少し迷って、奈津は三列目、やや窓寄りというどうにも姑息《こそく》な席を確保した。

とにかく、最前列はあまりに危険だ。

講義中にお腹が鳴ってはいけない、軽くランチを……と入った店で、奈津はつい、うどんにかやくごはん、つまり炊き込みごはんをつけてしまった。

大好物を我慢出来ず、まさかの炭水化物コンボを決めてしまったせいで、かなり満腹だ。講義の内容によっては、うっかり居眠りしてしまう可能性が少なからずある。

かといって、せっかく休日の数時間を費やして受講するのだから、講師の顔や映像がハッキリ見える場所にいたい。

そんな思いがせめぎ合った結果の、「そこそこ前、しかし講師の視線が向きにくいであろう席」である。

席に落ち着き、奈津は改めて、周囲を見回してみた。

しみじみと、「ひと昔前」を思わせる教室の風景だ。

リノリウム張りの床、白く塗装された壁、ブーンと低く聞こえる蛍光灯の唸《うな》り声。教卓の向こうには、ホワイトボードではなく昔ながらの黒板とチョーク、それに懐かしの黒板消しが用意されている。

（初めての場所なのに、いつか来たことがあるみたいな……。あ、そうか。あそこに似てるんだ）

机の上に資料を置き、筆記用のボールペンをバッグから取り出しながら、奈津は心の中でポンと手を打った。

妙に落ち着くこの教室の雰囲気は、奈津が育った児童養護施設の「大ホール」によく似ていた。

赤ん坊のときに遺棄された彼女は、ずっと施設で育てられた。

記憶にはないが、最初は乳児院、そして私立の児童養護施設に移されて、そこで十八歳まで過ごしたのである。

子供時代の彼女の「家」であったキリスト教系の児童養護施設には、「大ホール」と呼ばれる特別な部屋があった。名前ほど大きくはなかったが、何十人もいる子供たちが全員集合できる、チャペル以外の唯一の部屋だった。

たくさんの折りたたみ椅子が用意されており、木製の低い台を据えれば、小さな舞台を作ることもできた。

そこは雨の日に子供たちが遊んだり、月に一度のお誕生日会食をしたり、折々の行事や学芸会をしたりするための、美味《おい》しくて楽しい空間だったのである。

そのことを思い出すと、最初は陰気だと感じていた教室の雰囲気が、少し明るくなった気さえする。

とはいえ、今日の講座は、決して楽しい内容にはならないだろう。

（わざわざお休みの日に、お義母《かあ》さんのランチの誘いを断って出席するのが、これだも

んね)

奈津は、小さな溜《た》め息をついた。

何しろ講座名は、「ペットロスとグリーフケア」なのだから。

「グリーフケア」とは、「喪失による悲嘆への、支えや見守り」のことである。

何か大切なものを失った人の心に寄り添い、心を癒《いや》す手助けをする……そういう活動を指す言葉だ。

しかし日本では一般的に、「グリーフケア」の対象となる喪失は、人やペットといった「命」であることが多い。

今回の講座は、その中でも、ペットロス、つまり共に暮らしてきた生き物を亡くした飼い主のケアについてのものだ。

一時間あまりという時間を考えれば、おそらく軽い入門編、あるいはざっくりしたシルエットを捉《とら》える程度のことだろうが、奈津にとっては、現時点ではそれで十分である。

奈津はこれまで、闘病の末、あるいは不慮の事故でペットを失った飼い主の姿を幾度となく見てきた。

そんなとき、ショックを受け、悲嘆に暮れる飼い主に、獣医師としてどう接するのがよいのか、彼女はずっと考え続けてきた。

先輩医師たちは皆、それぞれが思う「適切な」距離を保ち、飼い主との間に厳然とした一線を引いているように奈津は感じる。

無論、いちいち飼い主と共に悲しみに暮れていては日常業務に支障が出るし、そんな風に相手の感情に引きずり込まれるのは、医療のプロフェッショナルとしてあるまじき失態だとも思う。

いちいち飼い主と悲しみを分かち合っていては、こちらの心身がもたない。それも事実だ。飼い主にとって獣医師はただひとりかもしれないが、獣医師のほうは、たくさんの患畜とその飼い主を抱えているのだから。

しかし同時に、感情を殺して「残念です」と告げるだけでなく、もっと何かできるのではないか、とも思うのである。

時間の長短はあるにせよ、ペットの病や怪我と共に戦った、言うなれば戦友である飼い主に最後にかけるべき、安い同情ではない、でも心のこもった言葉があるのではないか。

奈津がそう言うと、彼女の上司である院長は、少し考えて、「そういえば」と、この「ペットロスとグリーフケア」の講座案内チラシを見せた。

「素人が中途半端なことをするもんやない、というのが僕の持論でね。僕らは、グリーフケアに限らず、心のケアについては素人や。ペットの病気やロスに苦しむ飼い主さんを、心のケアの専門家に繋《つな》ぐことはできたとしても、みずから癒してやろうっちゅうんは危険すぎるし、何より門外漢の傲慢《ごうまん》やと思うんやけど」

「それは、はい、でも」

「あれこれ飼い主さんに声かけて、こっちはスッキリ気持ちようなれるかもしれんけど、最後まで面倒をみられるわけやない。素人にミスリードされた挙げ句に放り出される飼い主さんのほうは、たまったもんやないよ」

院長は常に冷静沈着で温厚な性格だ。このときも特に奈津を非難したわけではなく、口調はあくまでも淡々としていた。

それでも、どこか噛《か》みしめるような、自分自身に言い聞かせるような声の響きから、院長も自分と同じような葛藤《かっとう》を抱えて医療を続けてきたのだと、奈津には感じられた。

「……確かに仰《おっしゃ》るとおりです」

反省して同意する彼女に、「叱ってるんやないよ。その気持ち自体は尊いもんやから」とむしろ慰めるように言って、まだ四十代の若い院長は、少しくたびれた、年寄りじみた笑みを浮かべてこう続けた。

「けどまあ、自分が手ぇ出さんとしても、グリーフケアについてある程度のことを知っとくんは、これからの獣医師にはマストやと思う。僕は恥ずかしながら余裕がなくて、まだろくに勉強できとらんけど、君、よかったら、手始めにこれに参加してみたらどや？　せっかく、地元でこういう一般向けの講座があることやし、ええ機会や」

そう言って院長は、受講料をポケットマネーから出してくれた。

そうした経緯もあり、奈津としては、今日の講座から何かを学び、職場に持ち帰らねばならないという使命感も多少はある。

(どんな人が、この講座を受けるのかしら)

講座が始まるまで、まだ五分ほどある。

奈津は首を巡らせ、他の受講者たちを失礼にならない程度に観察してみた。

まだ席は二割ほど空いたままだが、奈津と同じく、少し退屈そうに講座の開始を待っている人々は、老若男女様々だった。

ひとりで参加している人がいれば、夫婦や友人、同僚とおぼしき二人、三人連れもいる。

自分自身がペットロスに苦しんでいる人たち、そういう人が身近に居る人たち、あるいは奈津と同じように、動物関係の仕事をしている人たちもいるのだろう。グリーフケアを将来の仕事にしたいと考えている若者もいるのかもしれない。

(そういえば、施設でもあったな、カウンセリング。あれ、今思えば、グリーフケアだわ)

黒板のほうへ向き直り、奈津はぼんやりと記憶を辿《たど》った。

物心つく前から施設育ちで、親の顔も名前も知らないという奈津の境遇を知ると、たいていの人は酷《ひど》く同情し、気の毒がってくれた。

しかし奈津としては、施設以外の生活を知らないので、かえって気分的に楽なところがあったのではないかと、今になると感じる。

むしろ、家庭生活を知っていて、それが当たり前だと思っていたのに、何らかの理由で親と離別して施設に来ることになった子のほうが、「喪失」という面でのダメージは大きいだろう。

そうした子供たちのために、児童心理のプロが、月に一度ほど、カウンセリングに訪れていた。

奈津自身は世話になったことはないが、日頃、たくさんの子供たちの世話に追われ、ひとりひとりのケアに十分な時間を割くことが難しい施設の職員たちにとっても、大きな孤独と悲しみを抱えた子供たちにとっても、そうしたカウンセリングは大きな助け、そして支えとなっていたことだろう。

(そうよね。たとえ具体的にケアをするわけじゃなくても、ペットロスを抱えた人に、どんなケアが必要かを知ることで、何か……こう、そう、悲しみや喪失感を乗り越えるための道筋を提示することができれば、それだけでも意味があるのでは)

奈津がそこまで考えたところで、ようやく、講座が始まった。

さっき、受付にいた女性の挨拶《あいさつ》と簡単な紹介を経て、颯爽《さっそう》と教室に入り、教壇に立ったのは、軽快なパンツスーツ姿の、五十代くらいの女性だった。

奈津は勝手に、「包み込むような優しさに溢《あふ》れた人物」を予想していたのだが、どちらかといえば、ショートカットと赤い口紅が目を引く、スポーティで活動的な雰囲気の人物だ。

(タカラヅカの男役みたいな人が来た！　意外だわ)

奈津は持ち前の好奇心を刺激され、早くも目を輝かせて講師の第一声を待つ。

「こんにちは、皆さん。今日は、私の講座に参加してくださって、ありがとうございます。皆さんにとって、少しでも実りのある時間になるよう、努力いたします」

ハキハキした、少し低めの声で挨拶をした講師は、教室の中をぐるりと見回し、笑みを浮かべたままでこう言った。

「皆さんの中には、おそらく、ペットロスに苦しむ方を助けてあげたいと思って、今日、この講座に出席してくださった方がいるでしょう。また、ご自身がペットロスに苦しみ、そこから浮かび上がる手がかりを求めておられる方も、きっと。いずれにしても、大切なペットを失った深くて大きな苦しみ、悲しみ、喪失感をどうしたら乗り越えられるのだろう、その方法を知りたいと思っておられるでしょうね」

うんうん、と奈津は心の中で頷《うなず》く。

彼女の視界の中にいる他の参加者の中にも、深く頷いたり、軽く身を乗り出す人たちがいる。

きっと講師は、四方八方から期待の眼差《まなざ》しを受けていることだろう。

だが、すらりとした体格の講師は、真剣な面持ちになって両手を教卓の上に置き、凛《りん》とした声を響かせた。

「ですが、悲しみも喪失感も、果たして、乗り越えることができるものでしょうか？さらに、そもそも乗り越えるべきものなのでしょうか？」

「えっ」

奈津は、思わず小さな声を漏らしてしまい、慌てて口に片手を当てた。

意外過ぎる問いかけに驚いたのは、奈津だけではないのだろう。教室のあちこちから、似たような声がほぼ同時に上がった。

たちまち戸惑う出席者たちを再び見回し、講師は穏やかに言葉を継いだ。

「ネガティブな感情は、捨てるべき、忘れるべき、切り離すべき、乗り越えるべき……そんなこれまでの『当たり前』を、考え直すひとときにしていただきたい。そう願って、本日はこちらに参りました。グリーフケアの基本的な知識を得て、喪失がもたらす様々な痛みにどう対処していくか、皆さんおひとりおひとりが考える機会にしていただければ幸いです。では、早速ですが、私自身が経験した愛犬との別れから、お話を始めましょう。スライドを……」

講師の言葉に、教室の片隅に控えていたアシスタントが、すぐに黒板の前にスクリーンを下ろし、部屋の照明を暗くする。

(悲しみも喪失感も、乗り越えようとしてはいけないってこと？　乗り越えずに、どうやって立ち直ることができるっていうのかしら)

奈津の脳裏に、ペットを失い、泣きじゃくる飼い主たちの顔が、次々と浮かぶ。

喪失経験を乗り越えることなく、何をどうすれば、あの人たちが日常生活に戻っていけるというのか。

（乗り越えて、向こう側に行くしかないんじゃないの？　いきなり何を言うんだろう、この人）

思わず、講師に対する軽い苛立《いらだ》ちのような感情を覚えつつも、同時に強く興味を惹《ひ》かれ、奈津は自分でも思いがけないほど熱心に、講師の話に耳を傾け始めた……。

一章　前に進むということ

兵庫県南東部に位置する小さな街、芦屋市《あしや》。

海側といえば南を、山側といえば北を意味するこの街を、山から海へと貫くように流れるのが、かつては大雨のたびに大暴れしたという芦屋川だ。

徹底した護岸工事のおかげで、今の流れは至って穏やか、広い河川敷は、散歩にジョギングにと、市民の憩いの場所となっている。

そんな芦屋川の目の前、阪神《はんしん》芦屋駅のほど近く、そして芦屋警察署と芦屋税務署に挟まれるというなかなかユニークな場所に、古びた一軒家が、多少場違いな感じで建っている。

昼間は扉を閉ざしているが、夕方になるとひっそり暖簾《のれん》が掛かるそこは、「ばんめし屋」という定食屋だ。

その名のとおり、「ばんめし」、つまり夕食あるいは夜食だけを提供する店なのだが、メニューは日替わり定食一種類だけ、営業時間は、だいたい日没から夜明けまで。

そんな風変わりな、知る人ぞ知る店の二階では、今、住み込み店員であり、元芸能人である五十嵐海里《かいり》が、すやすやと健やかな寝息を立てている。

午前十一時といえば、世間的にはとんだ寝坊の時間帯だが、何しろ明け方まで働いているので、就寝は早朝になってしまう。

海里にとって、今は熟睡していて当たり前の時刻なのである。

六月もそろそろ下旬に差し掛かり、今日は久し振りに、梅雨の合間の晴れ模様と呼びたい上天気だ。

磨《す》りガラスの窓から差し込む陽射しは眩《まぶ》しく、室内の気温は上がり始めているが、布団の上に大の字になった海里は、気にする様子もなく安眠していた。

ところが……。

ゴトン！　ガタン！

「⁉」

階下から突然聞こえてきた派手な音に、海里はビックリして目を覚ました。

古い家ゆえ、物音は必要以上に響いてしまうものだが、それにしても大きな音だった。

しかも、「あああー」という野太い悲鳴も伴っている。

「な、何だよ……つか、暑っ。寝る前はそうでもなかったのにな」

海里が身を起こし、首筋の汗を服の袖《そで》で拭《ぬぐ》うのと同時に、枕元のスタンドに掛けてあったセルロイドフレームの眼鏡が、触れられてもいないのに勢いよく飛び上がった。

次の瞬間、眼鏡はスッと消え、入れ替わりのように、さっきまでいなかったはずの、第二の人物が現れた。しかもそれは、ワイシャツ、ネクタイにニットベストという、やけにきっちりした服装をした、初老の白人男性である。

「何ごとでございましょうかね」

その口から発せられたのは、実に流暢《りゅうちょう》な日本語だった。

「何だろな」

突然現れた男性に驚く様子もなく、海里は眠い目を擦《こす》って欠伸《あくび》をしながら、小首を傾げて耳を澄ませる仕草をした。

白人男性のほうも、片手を胸に当て、心配そうな顔をしている。

「音、もう聞こえないな。もしかして夏神《なつがみ》さん、下でぶっ倒れたりしてるんじゃ……」

「わたしが見て参りましょう！」

「いやいや、俺も行く。……と、何が起こってんのかわかるまで、お前は一応」

海里はそう言いながら勢いよく立ち上がり、男性のほうに片手を差し出した。

「なるほど、賊が侵入していた場合は、わたしが不意打ちで、必殺の一撃をお見舞いするわけですね！」

「そんな物騒な話じゃねえよ。何か問題があったら、助けを呼びに行くとか、１１０番通報するとか、そういうのを頼む」

「なるほど。かしこまりました」

少しだけ残念そうに、しかし丁重な承知の言葉を口にするなり、男性の姿はかき消える。入れ替わりに、海里の手のひらには、さっき消えたばかりの眼鏡が現れた。

そう、男性の正体は、古いセルロイド眼鏡なのである。

にわかには信じられない話であるが、本当なのだから仕方がない。

百年以上前にイギリスで作られ、日本に持ち込まれた「彼」は、持ち主に深く愛されたことで、魂を得た。いわゆる「付喪神《つくもがみ》」の類《たぐい》である。

持ち主の死後、無惨に打ち棄てられているところを海里に救われた「彼」は、たちまち海里を新たな主《あるじ》と定め、「ロイド」という名も得た。

ロイド自身は、主である海里に「お仕え」していると言い張っているが、海里にとってのロイドは、もはや単なる「しもべ」ではない。

一つ屋根の下で暮らす仲間、あるいは既に家族のような存在だ。

人間の姿、しかも自分を作った眼鏡職人に似せた英国紳士の姿になれるロイドは、「ばんめし屋」の仕事を大いに楽しんでいる。

特に接客において、彼はもはや店になくてはならない存在だ。

海里は寝間着にしているTシャツの襟に眼鏡を引っかけると、ずり落ち気味だったハーフパンツを片手で引き上げつつ、大股《おおまた》に居室である四畳半の和室を出た。

短い廊下を通り、裸足《はだし》のままで、幅が狭くて急な階段をトントンと降りる。

「夏神さん？」

階段を降りたところに置いてあるサンダルに足を突っ込みながら、海里はこの店の主であり、海里にとっては同居人であり、上司であり、料理の師匠でもある夏神留二《りゅうじ》の名を呼んだ。

家の一階は客席と厨房《ちゅうぼう》、そして小さなトイレからなっているが、夏神の大きな身体は、厨房にあった。

タイル敷きの床にしゃがみこみ、広い背中をコアラのように丸めていた夏神は、海里の呼びかけに首を巡らせ、「おう」と野太い声を上げた。

二階ほどではないが、一階も少し蒸し暑いので、夏神の顔には汗が浮かんでいる。

「おはよ。エアコン、つけていい？」

一応、訊《たず》ねはしたが答えを待つことなく、海里はリモコンを手にした。夏神も、それを咎《とが》めることなく、申し訳なさそうに口を開いた。

「おはようさん。すまん、やっぱし、さっきの音で起こしてしもたか」

数時間前、おやすみの挨拶《あいさつ》を交わしたときの夏神と、さほど変わった様子はない。精悍《せいかん》な顔は血色がよく、表情も冴《さ》えている。ザンバラ髪がまだ手拭《てぬぐ》いで包まれていないせいで、余計に野性味が増して、やけに元気そうだ。

「うん、まあ。で、どしたの？　大丈夫？　寝なかったの？」

ひとまずホッとして、質問を連発しながら、海里は自分も厨房に足を踏み入れた。

どうやら非常事態ではないらしいと判断して、ロイドも再び人間の姿で現れる。

「大きな音がしましたので、海里様もわたしもビックリ致しましたよ」

「おう、ロイドもか。すまんすまん。寝とったんやけどな、ふとやってみたいことを思いついて、それに必要なもんを探そうとしたんや」

「ふうん？」

首を捻《ひね》る海里に、夏神は扉が開けっぱなしになっている、食器棚のいちばん上の一角を指さした。

「無精して、上の棚にあるもん、上手《うま》いこと引っ張りだしたろと思うたら、手前にあったもんが雪崩《なだ》れみたいに落ちてきてしもて」

「そりゃ、いくら夏神さんがのっぽでも、無理あるんじゃね？」

「仰せのとおり。ほんで、泣く泣く拾い集めとったとこや」

済まなそうに説明する夏神の足元には、なるほど、まだいくつか箱や包みが散乱している。海里は笑いながら、「片付け、手伝うよ。でも、必要なもんって？」と問いかけた。

「食器をな」

夏神は、短く答えた。

もともと口が重いタイプの彼は、「ばんめし屋」の亭主となって以来、強面《こわもて》と寡黙さで客を怯《おび》えさせないよう、あれこれと地道な努力を重ねてきたらしい。

理不尽なスキャンダルで芸能界を追放され、生きる気力をなくした海里が転がり込んできたときにはもう、夏神は「見てくれはちょっと怖いけれど、実は優しくて頼りになるマスター」として、常連客に親しまれるようになっていた。

とはいえ、プライベートでは、仕事中のサービス精神が抜け落ちる分、自然と言葉数が少なく、一文が短くなってしまう。

だが、海里もロイドも、もはやそんなことは気にしない。

「食器を出そうと思ったの？　お皿もお椀《わん》も、いつもの棚の中にたくさんあるじゃん。なんか、特別なやつ？」

自然にフォローの質問を口にして、海里は床に落ちていた新聞紙の包みを一つ拾い上げ、そっと開いて中を見た。

「……食器じゃなかった」

現れたのは、ステンレス製の紙ナプキン立てだ。

ファミリーレストランでよく見る、四角く折り畳まれたものではなく、先端を尖《とが》らせ、折紙の花のような形に整えられた紙ナプキンを入れておくための、最近は滅多に見なくなったデザインのものだ。

「これ、もしかして」

海里の質問の後半を、傍らから主の手元をヒョイと覗《のぞ》き込んだロイドが軽やかに奪ってしまう。

「夏神様のお師匠様のお店より、引き継がれたものでございますね？」

ちょっと不服そうに口を尖らせる海里を面白そうに見やり、夏神は、自分も大きめの紙箱を抱えて立ち上がった。

「そや。師匠が死んで、店畳むことになったとき、必要なもんだけ貰《もら》うてお前らには偉そうに言うとったのに、見てしもたら、あれもこれも思い出深《ぶこ》うてな。捨てられたり、二束三文で売られたりするんを見過ごすことができんで、結局、あれこれ持ってきてしもた」

師匠というのは、大阪の下町で洋食屋「へんこ亭」を営んでいた料理人、船倉和夫《ふなくらかずお》のことである。

夏神と出会った頃の海里のように、夏神もまた若き日、雪山で遭難して仲間と恋人を失い、耐えがたい喪失感と自分だけが生き残った罪悪感から、自暴自棄になったことがあったらしい。

海里より遥《はる》かにダイナミックに荒れ、深刻なトラブルを引き起こした彼の身元を引き受けて、料理人としての腕と心を叩《たた》き込んでくれたのが、船倉だったのである。

そんな船倉が病で急逝したとき、夏神は、最大の遺産であるはずの「長年継ぎ足しながら使い続けてきたデミグラスソース」を敢《あ》えて継承しなかった。

船倉の味を愛してくれた常連客たちのために「お別れ営業の日」を設け、その日までは丹念に世話をし続けたデミグラスソースを、惜しげもなく使いきってしまったのである。

ちょっとしたハレの日のためにある洋食屋ではなく、客が気軽に立ち寄れ、あるときには逃げ場所に、ときには「家」にすらなる普段着の店をやりたい。

そんな決意で船倉と異なる道を選んだ夏神は、そのとき本当の意味で、師匠から巣立ったのだ……と、海里は深く感動したものだ。

しかし、実際はそうスッパリ割りきれるものではなかったらしい。

「いやー、こない女々《めめ》しいこと、お前らに知られたら恥ずかしいと思うて、『へんこ亭』から使うあてものう持ち出したもんは、全部上の棚に隠しとったんやけど……」

赤い顔で白状する夏神に、海里とロイドは同時に噴き出した。

「別に女々しくないって！　愛着のあるアイテムをずっと手元に置きたいのは、当たり前のことだよ。できるもんなら、店ごとキープしたかったでしょ？」

海里にそう言われて、夏神は正直に頷《うなず》いた。

「せやなあ。できるもんなら、師匠ミュージアムにしたいくらいやったな」

「師匠ミュージアムって、ネーミングセンスが凄《すげ》えな」

「素晴らしいお考えでございます。この世知辛い世の中ではどうにも実現できず、残念でございましたね」

海里とロイド、それぞれのいかにも「らしい」反応に、夏神は頷いて再び詫《わ》びた。

「まあ、跡を継がんかった俺が、そない出過ぎたことをやるわけにもいかんしな。いや、ほんまにすまん。土曜やのに、朝から起こしてしもて。ボチボチやるから、手伝いはええよ。寝直してくれ」

夏神はそう言ったが、海里とロイドは顔を見合わせ、またもや同時に首を横に振った。主従、まさに息ピッタリである。

「俺、午後に出掛ける用事あるし。目が覚めちゃったから、もう起きるよ。眠くなったら、今夜早く寝ればいいことだしさ。それよか、なんかできることあったら、マジで手伝う」

「わたしも！」

「そうか？　ほな、どうせバレてしもたんやし、上の棚のもん出して、必要なもん探し出してから、整理して入れ直すわ。それ、手伝ってくれるか？」

「オッケー。ほんじゃ、俺がスツールに乗って取り出して、それをロイドにパス！」

「わたしが繋《つな》ぎ、夏神様が開封して中を確かめる。それでよろしゅうございますか？」

「おう、頼む。床にまだ落ちとるやつは、俺が速攻で拾うから」

夏神が了承したので、海里はいつも営業中のひと休みに使うスツールを取り出し、棚の前に据えた。サンダルを脱ぎ、よいしょと妙に年寄り臭いかけ声と共に、上に乗る。

「片っ端から出していい？」

「ええよ」

「オッケー。そんじゃ、ロイド。この辺は小さい包みだから、二つ三ついっぺんに渡すぞ」

「どんとこいでございますよ！」

「そうでございますかよ。ほい」

無駄に丁寧なロイドの言葉遣いをからかいながらも、海里は丁寧な手つきで、包装紙や新聞紙にくるまれたアイテムを取り、両手を伸ばして待ち受けるロイドに渡した。

ひとつ、またひとつとこちらも慎重に受け取ったロイドは、それを調理台の上に並べ、夏神はガサガサと無造作に包みを開いていく。

そのリレーを続けるうち、調理台の上には、次々と夏神の思い出の品が並んだ。

本体がガラス、蓋《ふた》がステンレス製の、四角くて平べったい爪楊枝《つまようじ》入れ。

透明な吹きガラスの、指二本でつまめるほど小さな一輪挿し。

シンプルなデザインのキャンドルホルダー。

ロゴマークの刺繡《ししゅう》が入った、純白のナプキン。

どれも、かつては「へんこ亭」のテーブルを彩っていたものばかりだ。

「まるで、夏神さんの青春アルバムだね」

ほんの少しのからかいを込めた海里の言葉に、夏神は照れ臭そうに頭を搔《か》いた。

「そない大層なもんやないし、こうしてしまいこんで、ろくに見るわけでもあらへんのやけどな。それでも手元にあるっちゅうだけで、安心なんや、俺が」

「わかる。俺も、小学生の頃に作ったプラモとか、実家にまだ置いてるもん。神戸《こうべ》に引っ越すとき、兄貴に捨てろって怒られたけど、こっそり持ってきちゃった。それっきりいっぺんも触ってないけど、見たらきっと色々思い出して嬉《うれ》しくなると思う」

「ほほう、人間の皆様には、そのような思い出の品がおありなのですね。古き品々を大切になさるのは、素晴らしいことです」

ロイドは訳知り顔でそう言い、アイテムたちを眺める。

自分自身も「古き品」であるがゆえに、こうして大切に保管される品々への思いは格別なのだろう。

「ですが今のように、ときには取り出して再会してあげるのがよろしいですね」

「そやな。ちょいちょい顔を見たらんと、みんな退屈してまうか」

「ええ。たまに眠りから覚めて、新鮮な空気を吸い、うららかな陽射しを感じるのは、気分的にもよいものですし、虫やカビを除《よ》けられて、寿命も延びますよ。直射日光はあまりよろしくありませんが！」

「古いもの取扱マニュアルかよ。あ、大物が奥にあった。ロイド、今度は箱」

「はいっ」

海里は棚に頭を突っ込むようにして、細長い段ボール箱を引っ張り出した。

ロイドを介してそれを受け取り、中を開けた夏神は、弾んだ声を上げる。

「あっ、これやこれや。やっぱしあった！　そや、これだけはそこそこ数があるから、箱ごと奥に押し込んだんやった。忘れとったわ」

そう言って夏神が笑顔で掲げてみせたのは、やはりステンレス製のソースポットだった。ソースを掬《すく》うためのレードルもセットで、六組も入っている。

遠目には魔法のランプのようなシルエットのそれを、海里はスツールに乗ったまま、意外そうに見下ろした。

「それって、アレ？　洋食屋さんとかで、ハヤシとかカレーとかを入れたりする奴」

「そやそや。カレーライスやのうて、ライスカレーて言うと、やっぱしこれにカレー入れて、皿盛りのごはんにお客さんにかけてもらう感じが似合うやろ」

「確かに。……つか、店でライスカレー、出すの？　日替わりで出してる普通のカレーライスじゃなくて？　何がどう違うのか、俺にはちょっとわかんないけど」

「カレーとライスの位置が入れ替わるのでございますか？」

ロイドの素朴な質問に、夏神はほろりと笑って首を振った。

「いや、カレーライスとライスカレーの区別は、俺も知らん。けど、俺の師匠は、ライスカレーて言うとった。白い皿にごはんを薄く盛って、ソースポットにたっぷりカレーをついで」

「なるほど、ライスにカレーを後からかけるので、ライスカレーと」

「いや、ほんまに違いはわからんけど、弟子としては、師匠の方式で出す奴は、ライスカレーて呼びたいねん。最初にだばーっと全部カレーを飯にかけてまう人がいれば、一口ずつちまちまかける人もおってな。そういうとこも性格が出て面白かったわ」

空っぽのソースポットから、レードルでカレーを掬い出す仕草をして、夏神は楽しげにギョロ目を細める。

海里は反対側に首を傾げ、問いかけた。

「つまり、ポットにカレー入れて出すだけの違い？」

するとと夏神は顔を上げ、スツールの上に立つ海里をしっかり見て答えた。

「いんや。中身も変える。カレールーを使わん、野菜でとろみをつけた欧風ビーフカレーや」

「おっ、凝ったやつだね？　でも、日替わりじゃ、ビーフはちょっと。それに、手間がかかりそうだし……あ、もしかして、『ひるめし屋』のほう？」

「そやそや。夜の営業中に並行して仕込みをしたらええし、ビーフ言うても、安いすね肉とバラ肉をじっくり煮込んだら、十分に旨《うも》うなる」

夏神は、我が意を得たりと笑顔で頷いた。

普段は、夜だけ営業する「ばんめし屋」だが、この春、試験的に花見客をターゲットにした昼営業を一日だけやってみたところ、思いがけない大好評を得た。

「夜には出歩きにくいから、たまには昼にやってくれると嬉しい」

そんなリクエストを多くの人から寄せられた夏神は、ランチ営業の「ひるめし屋」を開くことを決めた。

今のところ、夜の営業のない週末、月に一度か二度程度の不定期営業だが、これまでと違う層の客が訪れて、大いに手応《てごた》えがある。

しかも、夜の日替わり定食では提供しないサンドイッチやパスタなどもメニューに取り入れているので、常連客にも人気がある。

「なるほど、いいね。夜との差別化っていうか。次、やる日はもう決めたの？」

「再来週あたりかなと思うとる。食材の仕込みのあてがついたら、また宣伝を頼むわ」

夏神に頼まれ、海里は親指を立ててみせた。

「オッケー。ＳＮＳは俺に任せといて」

「店の内外に張り出すポスターは、わたしにお任せを！　前の主《あるじ》仕込みの、流麗な筆跡でお知らせをしたためましょう」

一方のロイドは、ベストの胸元を叩《たた》いて、誇らしく宣言する。

「今の主は字が下手で悪かったな！」

「海里様のお書きになる文字にも、味わいはございますよ。美しいかどうかは別に致しまして」

「ザ・率直！」

不服そうにしながらも、海里はソースポットが入った箱を指さした。

「でも、さすがに六組ぽっちじゃ、お客さんに出すには足りなくない？」

「そやな。これからも使う機会はあるやろし、ちょっと要らん食器を処分して場所を作って、ソースポットを買い足すか」

「そうだね。全部で十組……いや、十五組はほしいかな。……さて、ガンガン洗うとしても、こっちが焦って引こうとしたら、お客さんに悪いしね。……さて、こんなもんかな。いや、まだ何かあるな」

スツールの上で軽く背伸びをして、海里は棚の奥を覗《のぞ》き込んだ。

「改めて覗いたら、上のほうの棚って、けっこう奥行きがあるね。お、ちょっとズッシリしてるぞ、これ。気をつけろよ、ロイド」

「承知致しました！」

他のアイテム同様に両手で大事そうに受け取ったロイドは、それを調理台には置かず、夏神に直接手渡した。

「どうぞ。最後に現れる宝物は、何でございましょうね」

「宝物っちゅうほどのもんはなかったように思うけどな。あー」

調理台の上で包み紙をガサガサと開いた夏神は、間の抜けた声を出した。

ひとまず作業を終え、スツールから降りた海里と、興味津々のロイドは、夏神の両側から、最後のアイテムを見ようとする。

「わー」

「これはこれは、愛らしい」

ロイドの「愛らしい」という発言に、海里の「懐かしい」という声が被《かぶ》さる。

調理台の上に夏神がそっと二つ並べたのは、ガラスの器だった。

いわゆる切り子ガラスで、短くて太い脚の上に、横に長く、浅い立ち上がりのある器が載った構造だ。ガラスには厚みがあって、何ともクラシックな安心感がある。

「これって、なんて呼ぶのか知らないけど、アレだろ？　アラモードとかサンデーとかを盛りつける器！」

「そうなのでございますか？　わたしはてっきり、花生けかと思いました」

海里の発言に、ロイドは怪訝《けげん》そうな面持ちになる。

「器なんて、何に使《つこ》うてもええんや。確かに、卓上で花を生けても可愛らしいやろけど、『へんこ亭』では、師匠《いと》が『バナナボート』を出す専用の器として使うてはったな」

夏神は、太い指で愛おしげに器のギザギザした縁を撫《な》でる。

海里とロイドは、思わず顔を見合わせた。

「バナナボートって何？　俺、食ったことない」

「もしや、バナナをくり抜いて丸太舟のように仕立てるのでございますか？」

「ホンマか？　今度作ったろ。よう熟れたバナナを縦真っ二つに切って、器にこう、断面同士が向かい合うように立ててな、ほんでその間に、アイスクリームを盛りつけるんや。ほんで、たっぷりの生クリームとチョコレートソースで飾り付けて、ちょろっと七色のチョコレートスプレーを振りかける。ウエハースも添えとったな」

夏神の説明に、ロイドは目を輝かせたが、海里は意外そうに目を瞬《しばた》かせた。

「旨《うま》そうだけど、やけに素朴だよね。あの大師匠が作ってた繊細な料理のことを思うと、それって何だかシンプル過ぎるっていうか、凝ってないっていうか」

だが夏神は、気を悪くした様子もなく、「そらそうや」と頷《うなず》いた。

「子供専用のデザートやからな。なんぼ気合いを入れたお子様ランチを用意しても、店では気が散ってしもて、ろくに食べへん子供も多いやろ。そういう子でも、デザートは食う。子供用の、わかりやすい、食べやすい、栄養満点の食事代わりになるデザートや言うて、必ず用意してはった」

なるほど、と、海里とロイドは納得して頷く。

しかし夏神は、ちょっと渋い顔で棚を見上げた。

「そやけど、さすがにこれは場所食うし、二客ばかり置いといても、店で使う予定もあれへんしな。つい懐かしゅうて持ってきてしもたけど、ソースポットを買い足すことを考えたら、真っ先にこいつを処分するべきかもしれん。小さな店や、収納には限りがあるんやから」

まるで自分に言い聞かせるような物言いとは裏腹に、夏神の指は、未練いっぱいに器を撫でている。

ロイドに目配せされて、海里はエヘンと咳払《せきばら》いしてから、ちょっと勿体《もったい》ぶった口調で夏神に言った。

「そりゃそうだけど、心の栄養の居場所は必要だよ。やっぱり、思い出の品は大事にしよ。代わりに……言い方悪いかもしれないけど、間に合わせに買った、愛着も何もない食器って、きっとあるじゃん。そういうのを処分しよう。使えるものを捨てるのに抵抗あるなら、ネットで売り買いできるサイトに安く出せばいいじゃん。実用性はあるんだし、必要としてる人の手に渡るよ。俺、代わりに売って、発送してあげるし」

海里の申し出に、夏神は目をパチクリさせた。

「それ、たまにテレビのCMでやっとるやつか。何でも売れるんか？　まあ、処分してもええ食器は確かにある。店を開くとき、張り切って買い込んだものの、日替わりで絶対出さんような料理専用の器とか、あるからな」

「……たとえば、どんな？」

「土瓶蒸し用の、小さい急須《きゅうす》と杯みたいなセットとかや」

「そりゃ確かに！　日替わりのおかずにはしにくいよね、土瓶蒸し。うん、それこそ、ネットで売りに出せるよ。安くしとけば、これから和食店をやろうとしている人の役に立つかも」

「なるほど。ほな、処分する食器が決まったら、よろしゅう頼むわ。ほんで、この器は……置いといてええんやろか。使わん言うたら、土瓶蒸しの容器以上に使わんと思うんやけどな」

「いいって！　だってほら、思い出のある器を捨てるのって、思い出の一部っていうか、夏神さんの心の一部を捨てるみたいなことだろ。そういうの、よくないよ。いつか、もういいって思えたら、そのときに処分すりゃいいと思う」

「わたしも同感です。処分を躊躇《ためら》われるということは、その器と夏神様の間に、まだご縁が繋《つな》がっているのでございましょう」

まるで説得するような口調で両側から二人に言われて、夏神はようやく納得した様子で頷いた。

「そやな。ご縁か。ええ言葉や。命拾いしたな、お前ら」

そう言って、どこか嬉《うれ》しそうに、再びガラス容器を柔らかな紙で包み始めた夏神に、海里はソースポットを眺めながら言った。

「俺は夏神さんが作る、洋食屋仕込みの欧風ビーフカレーがすげえ楽しみだけど……あ、試食するチャンス、勿論《もちろん》あるよね？」

夏神は笑顔で請け合う。

「勿論や。近いうちにまかないで試食会をして、付け合わせのアイデアを貰《もら》いたいと思うとる。『へんこ亭』ではコールスローが定番やったけど、まったく真似するんも面白うないしな」

「オッケー！　俺とロイドで、そこは頑張って提案する。……ホントは、李英《りえい》もいればよかったんだけどな」

口調は陽気なままだが、最後のひと言だけは、海里の声に一抹の寂しさが滲《にじ》む。

海里の弟分で、舞台俳優として活躍していた里中《さとなか》李英は、今、心臓に病を抱えて闘病中である。

本人は、ずいぶん馴《な》染《じ》んだこの芦屋の街に留《とど》まって療養生活を続けたいと考えているが、やはり、今後の舞台復帰の見通しを立てるためにも、セカンド、あるいは必要ならサードオピニオンを得たほうがいいという所属事務所の助言に従い、一時的に東京に戻ることを決めた。

芦屋で借りているマンションの契約はそのままだが、東京の病院での診断いかんでは、あちらで新たな治療を受けることになるのではないかと、海里は密《ひそ》かに予想している。

事務所としても、所属俳優である李英が東京にいるほうが、何かとサポートしやすいはずだ。積極的にこちらへ戻そうとはしないだろう。

「じきにお戻りになりますよ」

無邪気なロイドはそう慰めたが、海里は「どうだか」といささか投げやりに受け流し、夏神に視線を向けた。

「あと俺さ、夏神さんのドライカレーも食ってみたい！　最近、あんまりドライカレー出す店、ないよね。俺、ガキの頃から好きなんだよな」

自分から李英の話を持ちだしたくせに、あまり彼のことで他人に慰められたくはないらしい。半ば強引に話題をカレーに戻した海里の複雑な心境に気づいて、夏神はあっさりそれに乗った。

「おう、それやったらちょうどええ。次の新聞記事のレシピを、ドライカレーにしようと思うとったとこや」

「えっ、マジで？」

夏神は今、地元の新聞で、昔のレシピを今の食卓にふさわしい食材や味付けにアレンジして紹介するという料理コラムを連載している。

素朴なものから、やや努力と技術が必要なものまで、これまで多岐にわたる料理を取り上げてきたが、おかずになる料理が圧倒的に多く、ごはんものは意外と少ない。

一品で完結するドライカレーは、読者にきっと喜ばれるだろうと海里は思った。

「いいね、ドライカレー！　でも、昔からあるんだ？」

「昔言うても、昭和四十年代の料理本から取ってきたレシピやけどな」

「十分過ぎるほど昔だよ」

昭和生まれが聞いたらガクッときそうなほどキッパリと断言して、海里は興味深そうに質問を重ねた。

「あっ、ドライカレーっていっても、どっち？　混ぜ込んで炒《いた》める炒飯《チャーハン》タイプ？　それとも……」

どうやらごまかしの話題転換だけでなく、本当に夏神の考えるドライカレーに心惹《こころひ》かれているらしい。

夏神は壁の時計を見上げ、ニヤッとした。

「ほな、昼飯はドライカレーを試作がてらご馳走《ちそう》しよか。その代わり、俺が作っとるあいだ、そこにずらーっと並べた奴、もっぺん包んで棚に詰め直してくれるか？　ソースポットの箱を、今度はいちばん手前にしてもろて」

「オッケー！　商談成立だな」

海里はパンと手を打ち、ロイドはソワソワした様子で自分を指す。

「わたしもご馳走になりとうございます」

「当たり前やろ。その代わり、ロイドも……」

「かしこまりました！　では、包み紙や箱に、中身を書いてわかるようにしておくというのは如何《いかが》でございましょう」

「あ、それ賛成。ペン貸して、夏神さん」

「おう、これでええか？」

いつも固定電話の脇にメモ帳と共に置いてあるサインペンを、夏神はヒョイととって海里に向かって放り投げた。

それを上手にキャッチして、海里とロイドはさっそく作業に取りかかる。

夏神は、張り切る二人を横目に、冷凍庫の扉を開けた。

週末は店を休むので、金曜日の夜の日替わりで、出来る限り食材を使い切ることにしている。

余剰の食材は、日持ちのしないものはすべて火を通すか冷凍するかして、まかないに回す。そんな中途半端な食材の中から豚挽《ひ》き肉《にく》を引っ張り出して電子レンジで解凍しつつ、夏神は流れるような動作で調理に取りかかった。

開店準備をするときは、頭全体を手拭《てぬぐ》いかバンダナで包むが、今日は休日なので、暴れ気味な髪はヘアゴムでギュッとひとつに結ぶ。

前掛けを締めて両手だけでなく肘《ひじ》まで丹念に洗い、夏神は中途半端に残っていた野菜を、今度は冷蔵庫から集めてきた。

「ちょいくたびれ気味やけど、まかないやからな。炒めてしもたら大丈夫や」

しゃーないしゃーないと念仏のように弁解しつつ、仕入れてから数日経ち、表面に皺《しわ》が寄ってしまったピーマン、少し柔らかくなってきたリンゴ、そしてこちらは申し分ないコンディションのタマネギを粗めのみじん切りにしていく。

無造作に見えて、実に細心な作業であることは、切った野菜のサイズが見事に揃っていることでたちどころにわかる。

ロイドと連携して、出した品物を使わなそうなものから棚の奥に戻しつつ、海里はそんな夏神の手際に感嘆の眼差《まなざ》しを向けた。

(早くやろうとすんな、丁寧にやろうとせえ……って夏神さんにはいつも言われるけど、やっぱスピードも大事だよな。かっこいい!)

試作と言いつつ、材料も調理過程も、すでに完璧《かんぺき》に頭の中で組み立てが済んでいるのだろう。夏神の動きには、まったく無駄がない。

電子レンジが解凍完了を知らせると、彼はすぐフライパンを火にかけ、それから電子レンジを開けて、半解凍の挽き肉をフライパンに置いた。

「油、引かないの?」

思わずスツールの上から問いかけた海里に、夏神は「ええねん」と答えた。

「炒めよったら、挽き肉から脂が出る。それで十分や」

「なるほど」

「自分の脂でジリジリ焼けて、しっかり色がつくまで、絶対触ったらあかんねんで」

調理のコツを海里に伝えながら、夏神は挽き肉に塩胡椒《しおこしょう》をして、野菜を刻む作業に戻った。

「今日は休みやからちょっとだけ……あ、いや、イガ、お前、昼から出掛けるんやったな？」

「うん、そう。実家の兄貴に呼ばれてるんだ」

「ほな、ニンニクは入れんことにしよか」

「お気遣い、サンキュー！　まあ、会うのは家族だけだけど、ニンニクはちょっとね」

「全員で食うんやったらええけど、ひとりだけニンニク食うた奴がおったら、やっぱし気になるからな」

そう言って、夏神は冷蔵庫から出しかけたチューブ入りのおろしニンニクを戻し、代わりに土ショウガの小さな欠片《かけら》を持ってまな板の前に戻ってきた。

「ちょうど、昨日使い残した生姜《しょうが》があるわ。こっちにしよ」

綺麗《きれい》に洗った土ショウガを皮ごと細かく刻むと、「そろそろええな」と、夏神は挽き肉を塊のままバタンと引っ繰り返した。

なるほど、挽き肉の表面には見事な焼き色がつき、フライパンには挽き肉から滲み出た脂が溜《た》まっている。

少し多すぎる脂をペーパータオルに吸わせて除き、未《いま》だ四角い塊のままの挽き肉をフライパンの端に寄せると、夏神は残ったスペースでまず生姜を炒め、それから刻んだ野菜とリンゴを炒め始めた。

野菜に脂が馴染んだら、カレー粉を振りかけて、弱火でさらにしばらく炒める。

カレー独特の、香ばしい、食欲を否応《いやおう》なくそそる匂いが店内に広がり、作業中の海里とロイドも、ふんふんと兎のように鼻をうごめかせた。

「うおお、旨《うま》そう！」

「かぐわしい香りでございますね。出来上がりが楽しみです。ささ、海里様、次はカトラリーを」

「あ、それはどんな隙間にでも突っ込めるから、もそっと大きいやつ……そこの箱。何だっけ？」

「お水用のグラスが二つでございます」

「それ、いっとこう。割れ物は奥に入れたほうがいいだろ。地震とかあって、扉が開いちゃっても、こんだけ奥に入れとけば飛び出しにくいんじゃないかな。わかんないけど」

「なるほど、深慮でございますね」

そんな会話を耳に心地よく聞きながら、夏神はようやく挽き肉を木べらで崩し、野菜と混ぜながら、まんべんなく火を通し始めた。

「ふふ、なんで挽き肉を塊のまま焼いたか、俺、もう知ってるもんね。挽き肉が粗いブロックになってほどけるから食感が楽しいし、焼き加減にもメリハリがつくから！」

「そのとおりや。お前が作るまかないパスタと同じやな」

ふふっと笑って、夏神はフライパンにケチャップを投入し、色が少し黒っぽくなるまでよく焼き付けた。

昭和四十年代のオリジナルレシピでは、ケチャップは調理終盤で追加することになっていたが、夏神としては、こうしてしっかり火を通したほうが酸味が飛んで、丸みのある味に仕上がるように感じる。

リンゴとタマネギから出る水分が煮詰まるまで具材を炒め、追加のカレー粉とほんのちょっぴりの醬油《しょうゆ》とウスターソースで味を調えれば、ドライカレーの具は完成だ。

ほどなく、最後にソースポットの箱を収納し、海里とロイドも作業を終えたので、三人は、店のテーブルでまかないランチを摂《と》ることにした。

キャベツの千切りを添えたドライカレーは、炒飯タイプではなく、皿盛りの白いご飯の上に、具材をたっぷり載せるタイプである。

「このへんはお好みやけど、今日は載せた」

そう言って、夏神は完成したドライカレーの皿を、各々の前に置いた。

さっき炒めた具材はパラパラではなく、かといってペースト状というほど一体化してもおらず、ほどよいくっつき具合と呼びたい状態で、ご飯の上にベレー帽のように配置されている。

トッピングとして、干しぶどうとフライドオニオン、そして半熟の目玉焼きが載せられていた。

「お粗末さんやけど、食うてくれ」

夏神に促され、海里とロイドは「いただきます！」と声を揃え、それぞれスプーンを取った。

具材とご飯を好みの割合で一緒に掬《すく》い、頬張ると、挽き肉の香ばしさ、野菜の優しさと同時に、リンゴとケチャップの甘み、それからカレー粉のピリリとした刺激が口の中で調和する。

また、言われなければそれと気づくことはないだろうが、隠し味の醤油が、カレーとご飯の仲を、より親密にしているようだ。

「うっま！」

海里の口から出た、シンプルであるがゆえに純粋な賛辞に、夏神は嬉《うれ》しそうな顔で、自分もカレーを口に運んだ。

「美味《おい》しゅうございますね。カレー粉のピリピリを、甘い付け合わせがほどよく宥《なだ》めてくれます。それに……これは、木の実でございますか？」

ロイドはスプーンに、小さな黄色っぽい欠片を載せ、小首を傾げた。

外見は初老の英国紳士だが、何しろ子供のような天真爛漫《てんしんらんまん》な性格のロイドなので、動作がときどき幼子のようになり、そのアンバランスが、夏神と海里を微笑ませる。

「それな、今日は俺の晩酌のお供のバターピーナッツや。ちょこっとフライパンで炒《い》って、包丁で細こうした。元レシピではスライスアーモンドなんやけど、ピーナッツのほうが、手に入れやすうてええやろ。どや、カレーと合うか？」

「はい、とても。香ばしさがプラスされますし、何より食感のアクセントになって、とてもよろしゅうございます」

ロイドの感想に、海里は目を瞠《みは》った。

「お前、食レポがどんどん上達するな」

「それはもう、何ごとにつけましても日進月歩の、優秀な眼鏡でございますので」

「主《あるじ》の優秀さが眼鏡にも反映された、くらいのリップサービスはしてくれよ」

冗談交じりに嘆きながらも、海里は自分も夏神のために、もっと具体的なことを言わねばと反省したのだろう、ひと匙《さじ》、さらにひと匙とカレーを味わいながら、幾度も小さく頷《うなず》いて、再び口を開いた。

「確かに、砕いたピーナッツを振りかけるのは、凄《すご》くいい。カリカリが楽しいもん。フライドオニオンのサクサク感もいい。けど、どっちも、食ってるうちにカレーの水分で柔らかくなりそうでもある」

鋭い指摘に、夏神の太い眉《まゆ》が数ミリ上がる。

「それは、そやな」

「あと、干しぶどうは言うまでもないけど、半熟卵も、好みが分かれるかも。日替わりのハンバーグだって、上に載せる目玉焼き、堅焼きにしてくれとか、なしにしてくれってお客さんもそれなりにいるじゃん？」

「おう、そやな」

海里はまだ潰《つぶ》さずに大事にとってある黄身の表面をスプーンでちょんとつついた。

「新聞記事ってさ、俺たちが想像するよりずっとたくさんの人が見るだろ。だからこう、できるだけ食べる、食べないの選択をしやすくしといたほうがいいのかなって。勿論《もちろん》、何でも食えって方針の人もいるだろうけど、今は、食べない自由もあると思うから」

そんな海里の真剣なコメントに、夏神もまた、顔のパーツがすべて中央に寄ってしまうほどの顰《しか》めっ面で考え込んだ。

「それもそやな。昔のレシピを、『手に入れやすい・作りやすい・食べやすい』をモットーにアレンジしてきたつもりやけど、食べへん自由か……。そやな、ドライカレーは具材が全部混ざり合っとるから、せめてトッピングくらいは、好きに加減できたほうがええか」

「と、俺は思う」

海里は頷いたが、ロイドはごく控えめに、しかしもの言いたげな顔で会話に入ってきた。

「確かに、均一にトッピングを盛りつけてしまっては、食べているうちに少し飽きが来るやもしれません。勿論、美味しいことに変わりはないのですが……」

「気ぃ遣わんでもええて。それで?」

夏神に促され、ロイドは正直な意見を口にする。

「ですが、ドライカレーそのものは、有り体に申し上げて、たいへん地味な見てくれでございましょう? トッピングを別添えにしてしまうと、料理自体の見栄えが」

「あ、それはある。やっぱトッピングの色合い、大事だよな」

「それはそやな。家庭料理でも、やっぱし見栄えは大事や」

「じゃあ……さ。目玉焼きはゆで卵にしようよ。茹《ゆ》でるのが面倒なら、ウズラの卵を水煮にした奴とか、煮卵とか、温泉卵を買ってきてもらってもいいんだし」

そう言いながら、海里はドライカレーのご飯の端っこをスプーンで押し、皿の中央にこんもりと高さを出して盛りつけ直した。

「こうして皿に余白を出して、そこにこう……」

喋《しゃべ》りながら、海里は皿の空いた場所に、余っていたトッピングを種類ごとに小さな山のようにして盛り付け始めた。

「干しぶどうはここ、フライドオニオンはここ、ナッツはここ……うーん、色合いがイマイチだから、ちょい待ち」

いったん席を立った海里は、昨夜の残り野菜が入った密封容器を冷蔵庫から取り出し、席に戻った。

蓋《ふた》を開け、ドライカレーのてっぺんにはミニトマトを、皿の余白の空き場所には、茹でたブロッコリーを配置する。

「じゃーん！　これでどう？　ありきたりではあるけど、手に入れやすいもんで、彩りを鮮やかにできるだろ。ミニトマトはさっと洗うだけで食えるし、ブロッコリーは何なら冷凍食品でも売ってるし。どっちも、他の料理に応用が利くしな。あとはゆで卵を切って並べれば、赤、緑、黄色のトッピングで完璧《かんぺき》じゃね？　お子さん用には、コーンを散らしてもいいよね。冷凍のミックスベジタブル……は、俺、ガキの頃大嫌いだったから、思いつかないふりをしたいけど」

海里の提案に、ロイドは小さくパチパチと拍手を贈った。

「おお、これは目にもご馳走《ちそう》になりましたね！」

夏神も、「こら、ええなあ」と腕組みして唸《うな》った。

「俺は、できるだけ食材の品目を少のう、家にあるもんで作れるようにと心がけてきたんやけど……」

「あ、それは凄く大事。そういう意味では、俺、余計なことを言ったかも」

肩を竦《すく》める海里に、夏神はゆっくりと首を横に振った。

「いや。連載を続けるうちに、そこにこだわりすぎたかもしれん。やっぱし、見て楽しい、旨《うま》そうやと感じられることは大事やからな。お前みたいに、冷凍で手に入ってストックしとけるとか、他の料理に使いやすいとか、そういうことにももっと気を配らんと。はあ、まだまだ未熟やな」

「でも、茶色い料理は美味しいって考えもあるし」

海里の妙なフォローに、夏神は眉をハの字にして苦笑いする。

「大人はそうかもしれんけど、お子さんはカラフルなほうがええやろ。そやな、こうして彩りよう仕上げて、しかもアレルギーやら好き嫌いにもある程度対応できて、味変もできるトッピングの盛り付けはええもんや。思いがけず、ええ勉強をさせてもろた。おおきにな」

反省と学びの喜びを同時に声に滲《にじ》ませる夏神に、ロイドはニコニコして言った。

「わたしと海里様は、美味しいドライカレーをご馳走になれて、これもまた僥倖《ぎょうこう》でございます。ねえ、海里様」

「うんうん。作りやすいし、何なら野菜の置き換えも利きやすそうだし、凄くいいレシピになると思う。ドライカレー、賄いに定着させようよ。俺、今度、アレンジバージョンを試したい！」

「おう、そら楽しみやな」

相好を崩す夏神に、ロイドは少し残念そうに、しかし笑顔で海里を見た。

「わたしは本体がセルロイドでございますから、火を扱うお仕事はできませんが、海里様のドライカレーにも、冴《さ》え渡った改善策を提示させていただく所存です！」

「駄目出し前提かよ！　ありがとうございます！」

海里の、本気三割を含んだおどけた返事と一礼に、夏神とロイドが声を立てて笑う。

数ヶ月とはいえ、毎晩食事に現れ、忙しいときには店の仕事をリハビリがてら手伝い、もう立派な「ばんめし屋」の仲間だった李英の不在は確かに寂しい。

それでも、それぞれ前を向いて迷わず進む夏神と海里、そして、そんな二人を支え、いつも朗らかに応援するロイドの三人は、ともすれば気持ちが鬱《ふさ》ぎがちな梅雨時を、明るくたくましく乗り切ろうとしていた。


数時間後、そんな陽気な雰囲気をまとったまま、海里は神戸市東灘区《ひがしなだく》の実家にやってきた。

ＪＲでたった二駅の距離だが、そこから自宅までは十五分ほど歩かねばならない。

たったそれしきと思われるかもしれないが、行程の大部分が上り坂なので、所要時間のわりにハードな道行きなのである。

何もかもがコンパクトにまとまっていた東京時代と違い、今は買い物にも仕事にもけっこう歩くようになった海里だが、それでも実家へ帰るのは、いささかの体力勝負じみたところがある。

「暑いとこたえるな。お母さんも兄ちゃんも奈津さんも、こっから歩いて出勤だのお稽《けい》古事《こごと》だのに通うんだから、タフだよなあ」

ぼやきながらも、海里はインターホンを押す前にＴシャツの裾《すそ》を引っ張り、髪を両手で撫《な》でつけ、ガーゼハンカチで顔と首筋の汗を拭《ぬぐ》った。

家族に心配と迷惑をかけっ放しであることは大いに自覚しているので、最近の海里は、特に母親の公恵《きみえ》には、「ちゃんとやっている」ところを見せようと努力している。

(外見の乱れは心の乱れ、って美和《みわ》さんがよく言ってたからな)

かつて所属していた芸能事務所の社長の口癖を思い出しながら、海里はようやくインターホンのボタンを押した。

まずはスピーカー越しに家族の誰かとやり取りをするのが常だが、今日はいきなり玄関扉が開く音がして、海里は少し驚いた。

(用心が悪いだろ！　お母さんかな。いきなり玄関開けないように、注意しなきゃ。あいや、まずは挨拶《あいさつ》)

海里は背筋を伸ばして門扉の前に立ち、「久し振り、しばらく来られなくてごめん」という、いつものフレーズを脳内で一足先に言ってみた。言うなれば、挨拶の素振りだ。

しかし。

開いた扉から姿を見せたのは、母親ではなかった。

兄の一憲《かずのり》でも、義姉《あね》の奈津でもない。

不思議そうな顔で海里を見ながら門扉に近づいてきたのは、会ったことのない、おそらくは中学生か、ギリギリ高校生になったばかりかと思われる少女だった。

「?」

不意を突かれて言葉が出てこない海里と、まだ閉ざされたままの門扉ごしに向かい合い、少女は怪訝《けげん》そうに海里をじっと見た。

これではまるで、彼女がこの家の正当な住人で、海里は不審人物といった趣だ。

（まさか、みんな、俺が知らないうちに引っ越した……？　いや、そんなわけねえよな。それなら、兄ちゃんが教えてくれるはずだ）

少女はTシャツとイージーパンツというシンプルな服装をして、ボブカットの髪を幅広のヘアバンドでまとめていた。十代独特の、ヒョロリとした体格によく似合っている。

女子にしては長身で、海里より少し背が低いくらいだ。

（誰だ、この子？　まさか、兄ちゃんの隠し子……いや、それはねえか）

四角四面を具現化したような兄の体格と顔つき、そして性格を思い出し、海里は思わず首を振る。

少女はやはり警戒した様子で、思いきったように口を開いた。

「あの、どちら様ですか？」

ガクッときた海里は、思わずフランクに言い返す。

「いや、どちら様ですかは俺の台詞《せりふ》なんだけど」

「えっ？」

「えっ？」

顔を見合わせて固まる二人の間に、気まずい空気が漂う。

（何だよ、これ。どうしたらいいんだよ）

「あの、荷物の配達じゃ、ないんですか?」

少女の問いかけに、海里は呆然《ぼうぜん》としつつも否定の返事をする。

「荷物は持ってない……です」

「えぇー?」

どうやら、海里に負けず劣らず、少女のほうも戸惑っているらしい。

(どうしよう。これ、実家だったはずの家に、突然、見知らぬ人々が住んでるってこと? 嘘だろ。マジでSFかホラーじゃねえかよ)

困惑の視線を絡み合わせたまま、二人はほぼ同時に、「あの!」と声を上げたのだった。

「やだもう、ごめんなさい！　てっきり、箱買いしたトイレットペーパーが届いたとばかり思って、応対を愛生《うい》ちゃんにお願いしちゃったのよ。ちょうど、お紅茶を注ごうとしていたところで、手が離せなかったもんだから」

謝りつつも少しも悪びれず、むしろ面白がっている様子の母、公恵に、海里は恨めしげな視線を向けた。

ようやく家に入り、リビングルームの大きなソファーに落ち着いた彼の向かいのソファーには、さっきの少女が困り顔で、黙って座っている。

「ったく、お母さんはそういうとこあるよな！　俺、もしかして並行世界に来ちゃったのかと思ったよ。脳内に、『いつから実家がそこにあるなどと思い込んでいた……？』って、怖いナレーションが流れたもんな」

むくれる息子に、母親は楽しげに片手をヒラヒラさせた。

「あははは、さすが本職。ちょっとかっこよかったわよ、今の台詞」

「言ってる場合か！　ってか、初対面なんだから、ちゃんと紹介してよ。マジでどちら様？」

結局、紅茶を淹《い》れ直した公恵は、少女の隣に腰を下ろし、各人の前にティーカップをきちんと置いてから、片手で少女を示した。

「こちら、須永《すなが》愛生ちゃん。愛に生きるって書いて、ういちゃん。可愛いお名前でしょ。そしてこっちが、うちの末っ子の海里よ。前に話はしたわよね？」

少女……愛生は、こっくり頷《うなず》いたものの、何とも微妙な顔つきで、海里に軽く頭を下げた。

「はじめまして」

「あ、ども、はじめまして。ていうかお母さん、それだけじゃ、事情が全然わかんないって。それに、いったいどう話したのさ、俺のこと」

海里もまた会釈を返しつつ、母親に小声の早口で問いかけた。

自分が元芸能人であることを知っているかどうか。それによって、対応を変えなくてはならないだろうかと海里は身構えたのだが、公恵はアッサリとこう答えた。

「ちょっと前まで元芸能人だったけど、今は三割芸能人、七割料理人よって説明しておいたんだけど」

「三割って！　俺、芸能界はもう辞めたんだから、そういう紹介はちょっと」

「だって、お店で朗読のイベントをしてるじゃないの。あれも立派な芸能だと思うけど？」

「それは、まあ。でも芸能人っていうのとはちょっと違うんじゃ」

「細かいことはいいのよ。とにかく、そんな感じでしょ？　あと、芸能人してた頃は、朝のテレビ番組に出てたって話もしたわよ。ねえ、愛生ちゃん？」

愛生は、曖昧《あいまい》に首を傾げ、海里をチラチラと見ながら躊躇《ためら》いがちに答えた。

「そう、ですけど。でも、私、出てはった番組、ドラマもバラエティも見たことなかったんで」

「あ、そうなんだ？　俺のこと、全然知らなかった？」

ちょっと拍子抜けする海里に、愛生はさも当然といった様子で頷く。

「だって、朝にテレビなんて観る暇ないし」

「そりゃそうか。そんな暇あったらギリギリまで寝てたいよな」

「です。あと、普段からあんまし、テレビ観ることもないんです。すいません」

愛生は頷き、海里は苦笑いで肩を竦《すく》めた。

「別にいいよ。見たことないほうが、俺的には気楽。あんときは、人生最高に調子に乗ってたからな。……そっか、そういう感じで俺のこと、聞いてたんだね」

快活で気さくな海里の態度に少し安心したのか、愛生はようやく海里をまともに見て、こう言った。

「おじさんの弟やったら、似てはるんやろなって勝手に思ってたんです。それやのに全然違うから、わからへんかった」

「ふふっ」

そんな正直過ぎるコメントに、海里はつい噴き出した。

愛生が言う「おじさん」というのは、もしかしなくても、海里の兄、一憲のことだ。

学生時代、プロの道に進むことも考えたほどスポーツに打ち込んでいた一憲は、未《いま》だに身体が大きく、ガッチリしてたくましい。まるで妖怪《ようかい》の「ぬりかべ」のようだ。

生真面目でストイック、自他共に厳しい性格をそのまま表して、四角い顔に浮かぶ表情はいつもしかつめらしく、感情表現も得意とは言い難い。

スレンダーな体格で、芸能人時代は「チャラい」と言われていた、スッキリ整った顔立ち、しかも表情豊かな海里とは、ずいぶん年齢が離れていることもあるが、何もかもが似ていないのである。

二人を並べて「まさに兄弟、そっくりね！」と評する人は、おそらく誰もいないだろう。

「そりゃそうだ。兄貴に似た弟を想定してたら、俺はただの不審者だったよね。納得したわ。というか、お母さん、それで……ええと、愛生ちゃん、でいいのかな？　この子とはどういう間柄？　あっ、まさか、兄貴と奈津さんが迎えるつもりって言ってた、何だっけ……あっ、そう、特別養子縁組の子？　えっ、もう来ちゃってんの？　嘘だろ、さすがにそこは、俺にもひとこと相談があってもよさそうなもんじゃ」

「ちょっと、海里」

呆《あき》れ顔の公恵に、海里はムキになって食い下がる。

「だってさ、そりゃ一緒に住んではいないけど、人間関係的には俺、叔父《おじ》さんになるわけじゃん⁉　勿論《もちろん》、歓迎するよ。だけど、ちょっと心の準備をしたかったな〜っていうか、いや、ゴメン、本人を前に言うことじゃなかった。大前提として、大・大・大歓迎だよ、マジで！　そこは安心して！」

一憲と奈津の妊活が体質的な問題で頓挫《とんざ》し、二人でよく相談した上で、特別養子縁組を考えていると聞かされたとき、海里は全面的に応援しようと心に決めた。

生まれてすぐ親と別れ、子供時代をずっと児童養護施設で過ごした奈津が、「自分と同じような境遇の子供を家庭に迎え、共に家族として暮らしたい」という思いを持つのは自然なことだと感じたし、そんな妻を応援し、自分も同じ気持ちで色々と学びたいと言った兄、一憲のことも素直な心で尊敬できた。

とはいえ、自分のまったく知らないところで既に「養子」が家族の一員になっていたら、それはさすがに多少、心に引っかかるものを感じても理不尽ではあるまい。

ただ、当事者である愛生の前で発言するにはあまりに無神経だったとすぐに気づいて反省し、海里は声に力を込めて、「大歓迎」と繰り返す。

そんな海里の慌てっぷりに、しばし呆然《ぼうぜん》としていた愛生は、両手を口に当て、肩を震わせた。

一瞬、泣かせてしまったかとさらに焦った海里だが、よく見れば、愛生は顔を赤くして笑っている。

公恵も、そんな愛生の肩を抱いて、「ね、この子は本当にそそっかしくて。昔から人の話を半分も聞かないのよ」とクスクスと笑った。

二人の思いがけない反応に、海里はポカンとして、「え？　何？　違うの？」と不安げな声を出す。

公恵は、やはり愛生の肩に腕を乗せ、二の腕を優しく撫《な》でながら、どこか得意げに答えた。

「養子は養子だけど、この子は一憲となっちゃんちの養子じゃないわ。私の！」

「は⁉」

今度こそ、海里は大きな驚きの声を上げ、無作法を自覚する余裕もなく、指さし確認の形で固まった手を、公恵と愛生の顔の間を幾度も行き来させる。

「いや、待って待って。それこそ、俺にもちょっとばかり配慮してくれてもいいんじゃない⁉　まさかお母さんが、俺に黙って養子、っていうか養女を迎えてるとか、さすがに俺もショックだよ？　兄貴と奈津さんちの子供はワンクッション遠いけど、お母さんの養子って、つまり俺の妹ってことじゃん？」

「勿論、あんたにはお兄さんみたいなスタンスで愛生ちゃんに接してほしいんだけど、まずはちょっと落ち着いて。からかうような言い方をして、悪かったわ」

さすがに海里が可哀想になったらしく、公恵は両手で海里を宥《なだ》めるようなアクションをしながら、種明かしをした。

「養子っていうのは嘘じゃないの。だけど、あんたが思ってるようなのとは、だいぶ違う。私もちょっと前まで知らなかったから、あんたが知らないのは無理もないけど」

海里は、親しげに笑みを交わす二人の女性とは対照的に、苦虫を嚙《か》み潰《つぶ》したような顔つきで、つっけんどんに続きを促した。

「俺は確かに物知らずだけど、俺が思ってるようなのと違う養子って、何？」

「週末里親」

公恵が口にした言葉に、海里の目が丸くなる。

「何、それ？　週末婚みたいな響きだけど」

「週末だけの、ううん、週末に限らず、短い期間、施設にいるお子さん……特に、面会や外泊の機会が少ないお子さんを、家庭でお預かりする制度なの」

「へえ、そんな制度があるんだ？」

たちまち興味を示す海里に、公恵はやはり愛生を見ながら言った。

「一憲となっちゃんが、特別養子縁組を考え始めてから、そのことについて三人で話す機会が自然と増えてね。私もお祖母《ばあ》ちゃんになるなら、しっかり勉強しなくちゃと感じたの。それで、お役所や児童養護施設が開いているセミナーに参加して、週末里親制度について教わったわけ。それなら、私にもお引き受けできるんじゃないかと思ったし、なっちゃんと一憲も応援するって言ってくれた」

「なるほど。それで、愛生ちゃんが？」

公恵と愛生は、また顔を見合わせて、少し照れ臭そうに笑う。今度は、愛生が海里にみずから説明を試みた。

「私、今、中三なんです。高校受験控えてて、施設の自分の部屋とか市立図書館とか、学校の自習室とか、色んなとこで勉強してるんですけど、なんかやっぱり、こう」

海里は、あー、と声を出して、ポンと手を打った。

「ああ、勉強のための環境を確保しにくいんだね？」

愛生は、我が意を得たりと頷《うなず》く。

「そうなんです。施設はたくさん子供がいるし、三人部屋なんで、やっぱり集中できへんときも多くて」

「パーソナルスペース、ほしいよなあ。それで、週末里親か」

「はい。勿論、毎週末ってわけやないですけど、予定が合うときは一泊して、ここで勉強させてもらってます」

「なるほど。受験のための週末合宿みたいなもんだね」

公恵は、とても嬉《うれ》しそうに会話に入ってくる。

「海里が使ってた勉強机と椅子、立派に役に立ってるわ。あんたはろくに勉強なんてしなかったけど」

「そういう話はいいから！」

言い訳のできない事実をさらりと暴露され、海里は顔を赤らめて片手を振る。公恵は快活に言葉を継いだ。

「勉強だけじゃないわよ。お家の生活だって経験してほしいから、気分転換にお買い物に行ったり、一緒にお食事作ったり。先週は、模試の成績がよかったお祝いに、駅前にパフェ食べに行ったわよね」

「はいっ」

笑顔で頷く愛生に、海里は少し心配そうに問いかけた。

「おいおい、ちゃんと勉強はかどってる？　うちの母親、かえって邪魔してない？」

「全然。凄《すご》く楽しいです。私、小学生の頃に、他の週末里親さんに何度か行かせてもらったんですけど、緊張し過ぎて、駄目で。今度もそう違うかなって思ったんですけど、勇気を出して来てみたら、全然そんなことあらへんかって。今は、楽しみ」

「それは、アレじゃね？　愛生ちゃんが中学生になって、ちょっとメンタル強くなったからじゃ？」

愛生は、首を竦《すく》めてみせた。

「それはあるかも。でも、おばちゃんのお家に来て緊張したん、最初の三十分くらいでした」

「短ッ」

思わず笑う海里に、愛生もはにかんだ笑顔になる。

「初めてここに来て、挨拶《あいさつ》が済んだらすぐ、二階に、私がひとりでいられるお部屋、用意してくれはったんです。それでおばちゃん、お茶とお菓子を持って来て、『ひと休みしたら、好きなだけお勉強なさい。それで、お喋《しゃべ》りしたくなったり、お腹空《す》いたなって思ったり、お茶飲みたいなって思ったりしたら、降りてらっしゃい。おばちゃん、手ぐすね引いて待ってるわ』って言ってくれはりました。それで、何だかホッとして」

海里は、素直な感心の眼差《まなざ》しを母親に向けた。

「へえ！　お母さんなら、気を遣い過ぎて、あれこれあれこれ世話を焼きまくるんじゃないかと思ったのに、なんか、ケアがさりげない！」

「んもう。お母さんだって、歳を取った分、学んでるのよ。知らない相手にいきなり構われ過ぎたら、疲れちゃうでしょう。歓迎の気持ちを伝えたら、あとはひとりにしておいてあげるのがいい……って教えてくれたのは、実はなっちゃんなんだけどね」

「なるほど。そういうことか」

「愛生ちゃんが来たら、あれもこれもしてあげて……って張り切ってたら、なっちゃんに叱られたの。子犬でも子猫でも、家庭に新しく迎えたときには、構い過ぎちゃダメなんです。しばらくは、安心できるスペースでそっとしておいてあげないと。人間の子供だって、きっと同じですよ……って。説得力あったわ～。私の娘は優秀！」

「確かに。さすが獣医さん。俺も納得しちゃったもん」

公恵の正直な告白に、愛生も言葉を添える。

「なっちゃんさんがいるから、安心だったところもあります。悩みとか、話しやすいし。

あと、なっちゃんさんも、おじさんも、勉強見てくれるんです。お勧めの参考書も、用意してくれはって」

ああ、そうか……と、海里は心の中で呟《つぶや》いた。

週末里親制度に参加するにあたり、公恵は勿論《もちろん》緊張しただろうが、愛生のほうは、過去に何度か失敗しているだけに、もっと大きな不安を抱えていただろう。

奈津が施設育ちだと知って、愛生としても、この家を訪れるハードルが少なからず下がったに違いない。

「なるほどな。愛生ちゃんにとって、ここがいい週末の家でよかったよ。それに、なっちゃんさんって、部活の先輩呼ぶときみたいでいいな」

海里はちょっと懐かしそうに言って、「そっか」とようやく屈託のない笑顔になった。

「俺は勉強は全然ダメだけど、俺だって、ええと……そうだな、料理ならちょっとくらいはできるよ。他にも……うーん、なんか……なんか」

公恵が週末里親なら、海里にとって、愛生は「週末妹」ということになる。

何か、兄らしく愛生の役に立てることをと焦る海里をよそに、愛生は現代っ子らしく、「あ、大丈夫です。もう十分よくしていただいてるんで」と、どこか大人びた声音で言って立ち上がった。

「おばちゃん、今日も一緒に晩ごはん作りたいから、お部屋に戻って勉強してきます。紅茶とお菓子、部屋に持っていっていい？　あ、ですか？」

カジュアルに問いかけようとして、慌てて敬語に言い直す愛生に、公恵は「勿論よ」と鷹揚《おうよう》に答えた。

「零《こぼ》すといけないから、お盆に載せていきなさいね」

「はーい」

いい返事をした愛生は、勝手知ったる何とやらの趣でキッチンに行き、小さな丸いトレイを手に戻ってきた。

そのトレイにティーカップと菓子皿を載せ、海里に目礼して、軽やかな足取りで部屋を出ていく。

ほっそりした後ろ姿を見送り、階段を上がっていく足音を聞きながら、海里は母親に向かって、肩を竦めてみせた。

「俺、避けられちゃった？　兄貴面しようとすんの、早すぎたかな」

「バカね、考え過ぎよ。あの子、真面目さんなの。勉強しに来てるんだから、頑張らなきゃって思ってるんでしょう。もっと肩の力を抜いて、気軽に話してくれてもいいんだけど、まあ、それもおいおい、自然な流れでって思ってる」

「そっか、それならいいけど。俺、なんか役立たずっぽいからなあ」

「何言ってるの。役に立つ立たないで、家族になれるかどうか決まるわけじゃないでしょうに。あんたが愛生ちゃんを妹みたいに気に掛けてくれるなら、それで十分よ」

心配そうな海里を励ますようにそう言って、公恵は茶菓子を勧めた。

「お昼は済ませてきたって言ってたから、せめてお菓子をどうぞ。美味《おい》しいわよ、『ルイスブラン』のチョコレートサンド。なっちゃんが買ってきてくれたの。こういうお洒《しゃ》落《れ》なお菓子が、今の流行《はや》りなのねえ」

「おっ」

その店の名前には聞き覚えがあった海里は、皿の上に置かれた白くて細長い紙箱をヒョイと手にした。

驚くほど軽いその箱を開けると、中からはスティック状のサブレ二枚でたっぷりとクリームを挟んだ、シンプルだがとてもお洒落な洋菓子が出てきた。

「ああ、こういう感じのスイーツなんだ。この前、店に来たお客さんたちが、めちゃくちゃ旨《うま》いって話してたのを小耳に挟んで、気になってたんだよ」

さっそく一口齧《かじ》って、海里は思わず唸《うな》った。

さっくりと軽いココア生地のサブレと、フランボワーズが香るホワイトチョコレートベースのクリームが、よく調和している。

見た目と名前からズッシリした食感を想像していたが、クリームが濃厚でありながら口溶けがよく、思いのほかくどくない。それだけに、フランボワーズのフレッシュな風味が生きていた。

「うん、旨い。紅茶によく合うし、これ一つで十分満足するね」

「そうそう。ストレートのお紅茶がピッタリ。愛生ちゃんに出してあげられてよかったわ。さすが、なっちゃん。……それはそうと、海里。愛生ちゃんをお迎えすること、あんたに前もって言わなくて、改めてごめんなさいね」

公恵に真面目な顔で詫《わ》びられ、海里は慌てて齧りかけの菓子を皿に戻した。

「さっきのは俺の勘違いで言ったことだって。マジで一緒に住んでるわけじゃなし、事後承諾で全然いいよ。怒ってないって」

「本当？　ショックじゃなかった？」

なおも心配そうな公恵に、海里は居住まいを正し、真剣な顔で答えた。

「確かに、勘違いしてたときは正直ショックだった。だって、養子を迎えるって家族の特大イベントじゃん？　そこで完璧《かんぺき》に蚊帳《かや》の外にされるなんて、俺、まだ家族扱いじゃないのかな、とか思っちゃったよね」

「何言ってるの、あんたは大事な家族の一員よ！」

「大丈夫、それはちゃんとわかってる。……それに愛生ちゃんのこと、事前に言わなかった理由も、何となくわかる気がする」

公恵もまた、まだ眉根《まゆね》を軽く寄せ、海里の表情を注意深く確かめながら告白した。

「本当に愛生ちゃんとやっていけるかしらって、心配だったからよ。あんた、私に似てるから、事前に教えたら、張り切って色々考えてくれるだろうと思って。それなのに、上手《うま》くいかなくて立ち消えになったら、ガッカリさせちゃうでしょう？」

海里は苦笑いで頷《うなず》く。

「自分のことながら、絵に描いたように浮かぶわ、その光景」

「でしょう？　だから、何度か来てもらって、お互いしっくりきて、軌道に乗ったら……って思ってたところに、一憲から、今日、あんたが来るって聞いたのよ。ちょうど愛生ちゃんも来る日だし、サプライズがてら紹介できるじゃない！　って」

「サプライズ、ちょっとビッグ過ぎたけど。でも、うん、わかる。俺もたぶん、そーっとしとくとかできなくて、あれこれ気を回して、無駄に相手を疲れさせて、自分もヘトヘトになっちゃうタイプかも。そっか、そういうとこ、お母さんに似てたのか」

「そっくりよ」

断言しつつ、まだ少し不安げな公恵に、海里は笑みを作ってみせた。

「大丈夫、わかるよ、気持ち。それに、週末里親、凄《すご》くいい制度だと思った。お母さんがそれをやろうって思い立ったことも、尊敬する」

「本当？　気を遣ってるんじゃなくて？　愛生ちゃんのこと、本当に喜んでくれてる？」

「当たり前だろ。あの子が、うちに来るのを楽しみにしてるのが初対面でも感じられて、マジでよかったと思ってるよ。そもそも、なんでお母さんに、そんなことで気を遣うんだよ。本気で言ってるに決まってるだろ」

「ありがとう。……ありがとう、海里。ホッとした。凄く嬉《うれ》しいわ」

公恵の表情と声に、あまりにも安堵《あんど》が溢《あふ》れ過ぎていて、海里は怪訝《けげん》そうに眉をひそめた。

「いや、お母さんこそ、何でそんなに俺に気を遣うっていうか、わざわざありがとうなんて言うんだよ？」

　すると公恵は、さっきの海里のように居住まいを正し、こう切り出した。

「今さらだけど、あんたに申し訳なくて」

「は？」

　キョトンとする海里に、公恵はうっすら涙ぐんで目を伏せた。

「私、船乗りの妻なんだから、きちんと心の準備をしていたつもりだったのに全然ダメだったから。お父さんが海の事故で死んじゃって、身体も心もずいぶん長い間、病気がちだったでしょう。海里が子供の頃、ちゃんとお母さんしてあげられなかったなって、ずっと申し訳なく思っていたの」

「それは……」

「愛生ちゃんが来て、一緒に色んなことをして笑い合ったり、たまにちょっとしたことで注意をしたりするたびに、あんたの顔がよぎるのよ。本当は、海里ともこういう時間を過ごせたはずだし、過ごすべきだったのに、あの頃の私は自分のことばっかりで」

「いやいやいや！　それ、今になって反省してもらうしょうがないっていうか」

　海里は驚いて、上擦った声を上げた。だが、公恵は海里の話を遮るように謝罪の言葉を口にする。

「そう、私は取り返しのつかないことをあんたにしてしまった。確かに今さら謝ってもどうしようもないけれど」

「ゴメン、今のは言い方が悪かった！　じゃなくて、俺、凄くまともではないかもしれないけど、一応、ちゃんと大人になってるし！」

「そうね。私が何もしてあげられなくても、海里はちゃんと成長してくれたけど」

必死でフォローの言葉を口にしようとすればするほど、公恵を傷つけている気がして、海里はあたふたしてしまう。

これまでも、公恵が何かの折りに、過去の自分の弱さを後悔する言葉を口にしたことはあった。

だが、一憲と海里が和解し、奈津を家族の一員に迎えてからは、公恵の顔から憂いは消え、いつも楽しそうに、潑剌《はつらつ》としている。

そんな公恵の姿に安心していた海里は、未《いま》だに彼女が自分自身を責め続けていることに気づかなかった。

改めて謝罪された海里のほうも、驚き、酷《ひど》く動揺したのである。

「待って。ちょっと整える。色々」

海里はいったん会話を中断し、目を閉じて、深呼吸を数回繰り返した。

公恵が固唾《かたず》を呑《の》んで自分の発言を待っているのを感じるが、あまり器用でない海里だけに、心のままに浮かんだ言葉を口にし続ければ、今度は公恵との関係がおかしくなってしまうと感じたのだ。

しばらくして目を開けた海里は、自分のTシャツの胸元を軽くさすり、最後に溜《た》め息《いき》をひとつついてから、改めて口を開いた。

「俺は男だからさ。奈津さんや愛生ちゃんみたいに、お母さんとキャッキャした会話とかお出掛けとか、そういうのはどのみちなかったと思う。でも確かに、小さい頃はだいぶ寂しかったよ。友達が、両親とのエピソードを楽しそうに教えてくれるたびに、なんでうちのお母さんは寝こんでばっかりなんだろうって思った。お父さんがいないのに、お母さんまでどうして……って」

公恵の顔が、苦しげに歪《ゆが》む。だが海里は、カラリと笑ってこう続けた。

「けどさ、今はちゃんとわかってる。お母さんは、お父さんを追いかけたいのを我慢して、俺たちのためにこの世に踏み止《とど》まってくれた。泣いてたのも倒れてたのも、たまにキーッとわけわかんないくらい怒ってたのも、そのためのバトルだったんだろ。俺たちのために頑張ってくれてたんだって、今は凄くわかるよ。そのこと自体が俺は嬉しいし、お母さんへのリスペクトに繋《つな》がってる」

素直な気持ちを口にする海里の胸には、夏神の姿があった。

若い日、雪山で遭難して、友人と恋人を亡くし、ただひとり生還してしまった彼もまた、生きる気力をなくし、荒れた日々を過ごした。

それでも彼は今、暗い夜に小さな灯《あか》りをともし、心のこもった料理で、「今、つらい誰か」が、暗い夜を乗り越える手助けをしようと奮闘している。

海里自身も、そんな夏神に心身を丸ごと救われたひとりだ。

生きていれば、人は、自分の命を他の誰かの命と繋げ、温め合うことができる。

ささやかな道を、ほんの短い時間でも、共に切り拓《ひら》くことができる。

それを我が身で学んだ海里だけに、今、公恵が目の前にいるありがたみを、本当の意味で理解できているのだ。

「生きててくれて、俺たちと一緒にいてくれて、ありがとうって……言ったことなかったっけ。ないよな。恥ずかしいもん。でも、そう思ってるよ、俺。マジで」

「海里」

視線を上げて海里を見た公恵の優しい目は、早くも真っ赤になっていた。

自分もつられて泣きそうになるのをぐっとこらえて、海里は自分の心を正確に描写してくれる言葉を、頭の中から慎重に引っ張り出す。

「お母さんが辛《つら》い時期を乗り切ってくれたからこそ、今、俺には帰る実家がある。お母さんがいなかったら、兄ちゃんと二度と会わなかったと思うし、仲直りするチャンスもなかったよ。お母さんが今生きてるからこそ、奈津さんには母親ができたし、愛生ちゃんにも繋がった。俺は、それを凄く嬉しいと思ってるよ。同じことを俺にはしてくれなかった、ムカツク……なんて、全然思わない」

「本当？」

「ホントだって」

海里は、胸を片手で叩《たた》いて請け合い、ふと、「ロイドの癖が移ってしまった」と感じ、クスリとした。

(今、ここにロイドがいなくてよかった……！　あいつがいたら、今、間違いなく、眼鏡のままで爆泣きしてるところだもんな。不審サウンドを誤魔化すのに必死にならなきゃいけないところだった)

今頃、「ばんめし屋」で夏神と留守番しているロイドは、唐突なクシャミの発作に襲われているかもしれない。その姿を想像するだけで、海里のシャープな頬に浮かんだ柔らかな笑みは、自然と深くなる。

「お母さんがそんなことで俺に謝る必要はないよ。もし、どうしても謝りたいなら、相手は俺じゃなくて兄ちゃんだろ」

公恵はティッシュペーパーで涙を拭《ぬぐ》いながら、頷《うなず》いた。

「一憲には、何度も謝ったわ。多感な時期に、何の相談にも乗ってあげられなかった。その上、海里の父親代わりも母親代わりもやらせてしまってって。でも、一憲はいつも、『俺が勝手に、好きでしたことだ。それを可哀想なんて言われたくない』って怖い顔で突っぱねるのよね」

「言い方ー！」

その台詞《せりふ》を口にするときの一憲の仏頂面を想像して、海里はむしろ愉快そうに笑った。

「でも、お母さんもわかってるんだろ。兄ちゃん、照れてるんだって」

「ええ。一憲ってば、横で聞いてるなっちゃんに、いつも『素直じゃなーい！』って叱られてる」

「ホントに。でも、兄ちゃんも、お母さんに今さら謝ってほしいんじゃないと思う。それより、もしかしたら、褒めてほしいんじゃないかな」

「……あ」

公恵は、小さな驚きの声を漏らし、目を瞠《みは》る。

「褒められたら、頑張りをちゃんと見ててくれたって、嬉《うれ》しくなるだろ。でも謝られたら、いかにも自分がつらいことに耐えて、酷い目に遭ってきたって再確認させられることになるじゃん。いや、実際、俺が酷い目に遭わせちゃったとこ、山のようにあるんだけど。まあ、俺もかなり理不尽な目に遭わされた気がするから、そこは六割くらい、チャラにしてもらって」

海里は、過去の自分と一憲の険悪な関係を思い出し、顰《しか》めっ面で嘆息した。

「うん、兄ちゃんを褒めるのはお母さんにしかできないから、次はうんと褒めたげて。謝るのは、やっぱ俺、だよなあ。兄ちゃん、ビビって全然懐かない弟のために色んなことしてくれたし、自分はいっぱい我慢して、諦《あきら》めて」

「俺がなんだって？」

「うわッ！」

突然聞こえた野太い声に、海里はマンガのように座ったままで飛び上がった。

いつの間にか背後に立っていた一憲は、面白くもなさそうな顔で、「いつからインドの行者みたいなことができるようになったんだ、お前は。器用だな」と、感想を口にする。

海里はバクバクする心臓を押さえて、兄の四角い顔を見上げた。

「いたのかよ、兄ちゃん！」

「俺が自宅にいて、何が悪い」

相変わらずのぶっきらぼうな物言いだが、そこに以前のような険はない。

誰よりも一憲の性格を理解しているパートナー、奈津に言わせれば、「もとから言葉の足りない人だけど、あれは一憲さんなりに、海里君にじゃれているつもりなのよ」ということらしい。

悪気はないどころか、一憲としては、海里に対して親愛の情を示しているのだと、奈津は説明した。

「まあ、ライオンが兎にじゃれつくようなものだから、ときに事故るわけ。ある意味、不可抗力ね」

獣医師、つまり「動物」の専門家である奈津にそう言われては、やけに力強い説得力が発生してしまう。そういうものかと海里は半ば理解しているが、とはいえ、どう切り返せば「じゃれ返す」ことができるのかは、未だにわからないままだ。

「悪くはないけど、姿を見ないから、兄ちゃん、奈津さんと一緒に、近場に出掛けてんのかと思った」

やむなく、ごく普通に返事をした海里に、一憲は心外そうに広い肩を揺すって言葉を返した。

「まさか。お前を呼びつけておいて、平気で待たせるようなことは、俺はせん。ただ、お母さんが、お前に愛生さんを紹介したいと言うから、しばらく二階の書斎で持ち帰った仕事をしていただけだ。勉強部屋の扉が閉まる音がしたから、用事は終わったんだろうと思って、降りてきた。お前がいいなら、出掛けよう」

相変わらず理路整然とした兄の言動に、海里は軽く感心して訊《たず》ねた。

「なるほどね。あれ、俺に用事って、兄ちゃんとふたり？　奈津さんは一緒じゃないの？」

「奈津は、神戸のカルチャースクールで、今頃講座を受けているところだろう。奈津抜きで出掛けるのは嫌か。いや、別に嬉しくはなかろうとは思うが」

大真面目な顔でそんなことを言う兄に、弟も率直に同意する。

「まあ、嬉しさはゼロだね。そもそも、どっか出掛けんの？　それすら知らないんだけど」

「ああ。駅前まで出よう」

「オッケー」

海里は一口分残った菓子を口に放り込み、もう冷めてしまった紅茶で喉《のど》の奥に流し込んだ。高価な菓子の食べ方としてはいささか勿体《もったい》ないが、一憲は昔から、無意味に待たされることが嫌いなたちなのだ。

「もう行っちゃうのね。よかったら、もう一度戻ってらっしゃいよ。お夕飯をみんなで一緒に……」

公恵はそう言ったが、海里はバッグを肩に掛けながら、申し訳なさそうに首を横に振った。

「ゴメン、今日は、ロイドと夏神さんと先約があるんだ。夜、たこパする約束で」

「たこパ？」

「たこ焼きパーティ。野郎三人でパーティもないもんだけど」

「あら、楽しそうじゃない。わかったわ、じゃあ、またの機会に、きっとね」

そう言いながら玄関まで二人を見送った公恵に、海里は言った。

「次は前もって、愛生ちゃんが来る日の晩飯に呼んでよ。俺、何か作るから」

「あら、それは素敵！　愛生ちゃんも喜ぶわ」

「下の週末兄貴の存在感、示さないとな！」

「期待してます。じゃあ、近いうちにね」

そんな公恵の言葉に送られて、海里は一憲について実家を出た。

特に何も言わず、一憲は駅のほう、つまり岡本《おかもと》のメインストリート界隈《かいわい》に向かって歩き出す。

今日は土曜日なので、一憲はいつものパリッとしたスーツ姿ではなく、ポロシャツにチノパンというカジュアルな服装をしている。

Tシャツとカーゴパンツ姿の自分と並ぶ一憲は、他人が見たらどういう間柄の人間に見えるのだろうと、海里は歩きながらぼんやりと考えた。

（兄貴には見えないだろうな。お父さん……そうか、ヘタしたらそう思われる可能性もありそう。兄ちゃん、昔から年寄り臭かったから気づかなかったけど、リアルオッサンになってたんだな、いつの間にか）

前を行く一憲の後頭部に細い束状の白髪を見つけて、海里はギョッとした。

彼自身が三十路《みそじ》を射程距離に入れているのだから、歳の離れた兄がいわゆる「中年」になるのは当たり前のことなのだが、そこに「衰え」というファクターを初めて感じたことが、海里には大きな衝撃だったのだ。

（あの白髪、俺がガキの頃、苦労をかけた証拠かも）

そう思うと、海里の胸がチリッと痛む。

そんな弟の思いなど知らず、一憲はチラと振り返り、海里に声を掛けた。

「何故、後からついてくるんだ？」

真顔で問われて、海里は苦笑交じりに答えた。

「今さら、その質問？　昔からずっとそうだっただろ。兄ちゃんの歩くスピードが、速すぎるんだって」

「……ああ、そうだった。いつも、奈津に怒られるんだ。何故、一緒に出掛けているのに置いていくのかと」

「それな！」

奈津の怒り顔が目に浮かび、海里はクスクス笑いながらも、早足で兄に追いついた。

一憲も、少し歩く速度を緩める。

肩を並べて歩き出しても、特に話が弾むわけではない。

だが海里は、いいチャンスだからと、珍しく自分から兄に話しかけてみた。

「こないだは『シェ・ストラトス』に来てくれて、ありがとな」

実は海里は五月から、朗読の師匠である倉持悠子《くらもちゆうこ》に代わり、カフェ兼バー「シェ・ストラトス」で月に二回、短い朗読イベントの演者を務めている。

長年の持病である喘息《ぜんそく》を悪化させてしまった悠子が休業中、弟分の舞台俳優である里中李英と二人で留守を守る予定だったが、その李英もまた療養を余儀なくされたため、海里が孤軍奮闘することになったのである。

幸い、というにはあまりにも大きな恩恵だが、「ばんめし屋」の常連客で、今は海里を陰になり日向《ひなた》になって応援し、支えてくれている作家の淡海五朗《おうみごろう》が、朗読イベントのために、作品を書き下ろしてくれている。

おそらく、今、イベントに来てくれている客の大半は、淡海の「未発表作品」目当てなのだろうが、それでも懸命に舞台を務める海里への拍手は、いつも温かい。

店が行うアンケートに書かれた辛辣《しんらつ》なコメントさえも、今の海里にとっては、師の教えのようなありがたいものばかりだ。

これまでに三回、海里はステージに上がったが、直近の回に、一憲はひとりで、しかも海里に知らせず、来てくれていたのである。

さあ、朗読を始めようとしたとき、客席に兄の姿を見つけてしまった自分の動揺ぶりを思い出すたび、海里は今でも羞恥《しゅうち》で頬が赤らむ思いをする。

一憲は、肩を並べて歩く弟の顔をチラと見て、すぐ前に向き直ってしまった。

「兄としては、至らぬ弟が、店の評判を落としていないか心配でな」

いつもならムッとするところだが、奈津の「じゃれているのよ」という言葉を思い出し、海里はグッと「余計なお世話だよ！」という台詞《せりふ》を喉の奥に押し込めた。

「それはどうも。むしろ兄ちゃんが来てくれてたせいで、朗読を始める前に、ギャーって言いそうになったけど」

「それしきのことで、動揺してどうする。舞台に没入していれば、俺の姿など、見えなかったはずだぞ」

「そんなのは、素人さんのドリームだって。ササクラさんだって、いつも『客席にとびきりのカワイコちゃんをひとり見つけて、その人のために演じると、緊張しねえんだよ』って言ってたもん」

「それは、場数を踏んだ舞台巧者の余裕というものだ。お前のは、まだ半ば素人の注意散漫というやつだろうが。まったく性質が違うぞ」

（じゃれてる、じゃれてる……！）

自分自身に言い聞かせながら、海里は「はいはい、仰《おつしや》るとおりです」と言ったあと、軽い「じゃれ返し」を試みた。

「だけど兄ちゃん、めちゃくちゃ真剣な顔で聞いてくれてたし、最後、ちょっと涙ぐんでたじゃん？」

すると一憲は、眼鏡の奥の目元をたちまちさっと赤らめた。図星だったらしい。

「そんなことはない！」

「うっそだー。眼鏡を外して、目頭を指でこう、押さえてたじゃん」

「……そ、それは、お前の朗読が拙《つたな》いせいで、眠気がだな」

「目はバチバチにギョロってましたー！」

「うるさい！　とにかく、泣いてなどいない」

「泣いてないけど涙は出たんだろ？」

「しつこいぞ！」

腹から絞り出すような声は怖いが、一憲の顔は真っ赤である。

なるほど、多少はじゃれ合いに成功したかもしれないと思いつつ、あまりしつこくすると、一憲が本当に怒りだしてしまいそうだ。

海里はスッと引き、話題を少しだけずらした。

「だけど、マジで来てくれてありがとな。終演後に声かけようと思ったのに、兄ちゃん、マッハで帰っちゃったから」

一憲も、まだ赤らんだ顔のまま、それでも落ち着いた声音に戻る。

「当たり前だ。身内が、演者の時間を奪うわけにはいかん。俺に声をかける暇があったら、ひとりでも多くのお客様に感謝を伝え、感想を聞かせていただくべきだ」

「……兄ちゃんのそういうとこ、凄《すご》く立派だよね。でも、ありがとうくらいは言いたかったかな」

「今、聞いた。それでいい」

投げつけるような兄の物言いが、今はとても温かく胸に染みる。

「そっか。じゃあ、改めて、来てくれてありがとう」

「何度も言うな。一度聞けば十分だ」

「俺が言い足りないの。ホントはあとじゅっぺんくらい言いたいのを、兄ちゃんが嫌がるから我慢してるんじゃん。そんで……感想は？」

海里の探るような問いかけに、一憲は背筋をピンと伸ばし、前を向いて歩き続けながら、やはり無造作にこう言った。

「酷《ひど》かったな」

さすがの海里も、ガックリと肩を落とす。

「そこまで⁉　いやまあ、褒めてもらえるとは思ってなかったけど、一刀両断かあ」

一憲は辛辣だが、決して嘘や誇張は口にしない。彼が「酷かった」といえば、それは本当に「酷かった」のだ。

そこは兄の評価を絶対的に信頼している海里である。たちまち落ち込む弟を横目で見て、一憲は咳払《せきばら》いして言葉を継いだ。

「勘違いするな。朗読自体は、思いのほか、悪くなかった」

「えっ?」

項垂《うなだ》れていた海里は、ビックリして顔を上げ、兄の厳《いか》めしい顔を見る。

弟を見返すことはせず、細い川にかかる橋を渡りながら、一憲はちろちろと流れる水を見下ろして言った。

「お前は声がいい。よく通り、それでいて、耳に心地いい」

「……うおお」

「朗読の技術のことは、俺にはわからん。だが、目を閉じれば、心地よく聴けた。言葉もスムーズに耳に入ってきた」

「えっ、なんか、滅茶苦茶《めちゃくちゃ》褒められてない、俺⁉」

「だが、それ以外は駄目だ。なっていなかった」

「……それ以外って?」

そこでようやく、一憲は戸惑う弟の顔に視線を向けた。

「態度だ。全身から『緊張しています』という気配をああまで放っていては、お客さんまで緊張してしまうぞ」

海里は、思わず片手をこめかみに当てた。

「それ……！　『シェ・ストラトス』のマスターの、砂山《さやま》さんにも注意されてるんだ、毎回。お客様には、ゆったりくつろいで朗読を聞いていただきたいのに、君が出来の悪いサイボーグみたいな動きをしてちゃ、心配をかけてしまうでしょ、って」

「仰るとおりだ」

「わかってるんだよ！　わかってるんだけど、どうしても固まっちゃうんだよね、身体が。昔、ミュージカルの舞台に出る前やってたみたいに、袖《そで》で、手のひらに指で『人』の字を書いて呑《の》み込むのを何度もやってるんだけど、全然効かないんだ。やっぱ、ひとりで舞台を務めるんだって思ったら、バキバキに緊張しちゃって」

　そのときの気持ちを思いだし、切実な面持ちで訴える弟に、兄は今日初めての笑みを口元に浮かべた。といっても、一文字の唇の口角が、一ミリか二ミリ上がった程度のことなのだが。

「お前は、子供の頃から変わらんな。お調子者で恐れ知らずかと思ったら、学芸会や運動会では緊張して固まって、台詞が出てこなくなったり、脚が縺《もつ》れて転んだり。まあ、当時のように大泣きしないだけ、成長したと思うべきか」

「ちょ……！　そこまで昔のことを持ち出して成長を褒められても、嬉《うれ》しくないよ！」

「褒めてはいない」

「うう。それに仕方ないだろ、緊張をほぐす方法、色々試したんだよ。肩を回して力を抜くとか、丹田に意識を集中するとか、深呼吸するとか。でも、駄目だったんだから。

おいおい慣れるまで、どうにかやってくしかないじゃん」

「試したのは、それだけか？」

「ん？　まあ、そんなもん」

すると一憲は、川沿いに海側へ下っていく道の途中で、いきなり足を止めた。海里もまた、つんのめるように立ち止まる。

「何？」

「いや、お前は余計なことを覚えているわりに、俺の言葉は簡単に忘れるのかと、いささか落胆した」

「へ？　俺、なんか忘れてる？」

自分を指さして目をパチパチさせる海里に、一憲はムスッとした顔で頷《うなず》く。

「忘れている。大昔、幼稚園の学芸会で主役を務めることになって、プレッシャーのあまり、当日になって舞台袖で泣きだしたお前に、俺が言ったろう。『兄ちゃんがついている』と言ってみろと」

「……あ！」

「そう唱えれば、たとえ一緒にいなくても、目には見えていなくても、俺がそばにいる。震えそうなら横に立つし、台詞《せりふ》を忘れたら代わりに言ってやると」

「……前者はまあイマジナリー兄貴で何とかなるにせよ、後者は無理じゃね？」

真顔で言い返す海里に、一憲は顰《しか》めっ面で言い返した。

「気分の問題だ！　そう思えば、気が楽になるだろう。実際、お前はあのとき、落ち着きを取り戻したし、舞台の上でもときおり、『兄ちゃんがついている』って呟《つぶや》きながら、忘れた台詞を思い出したりしていたぞ」

憮然《ぶぜん》とした顔で語る兄の話に、海里は不思議なくらい鮮明に、その日の舞台上の自分の視界を思い出すことができた。

不安とプレッシャーでずっと涙目だったせいで、記憶の中の光景は酷く滲《にじ》み、歪《ゆが》んでいる。

しかし幼い海里は、カメラを構えることすら忘れ、両の拳《こぶし》を握りしめて自分を凝視している、むしろ自分より必死の形相の、若き日の兄の姿を認識していた。

（そうだ。兄ちゃんがついている……そう思ったら、足元から力が湧いてきたんだった）

「兄ちゃんが、ついている」

海里は思わず、小さな声で呟いてみた。

「そうだ。確かに、役者としてのお前に、俺がしてやれることなど何もない。それでも、唱えてみれば、刷り込みで多少の効果はあるかもしれんぞ。次のときには、試してみろ」

そう言って、一憲は再び歩き出す。

「兄ちゃんが、ついている」

海里はもう一度、口の中で繰り返す。先を行く一憲には聞こえない囁《ささや》き声だったが、それでも海里は、自身の身体に温かなものが流れ、隅々まで広がっていくように感じられた。

「おい、海里。行くぞ。スズを待たせているんだ」

「は？」

じんわり感動していた海里は、スズ、もとい、二人の共通の知人である仁木涼彦《にきすずひこ》の名を聞いて、思わず兄に走って追いついた。

「ちょっと、仁木さんも来るって、今聞いた！」

「今言ったからな」

「じゃ、なくて！　そういうことは、前もって言っといてよ」

「何故だ？　スズに会うのに、今さら、心の準備など無用だろうに」

「そういうこっちゃなくて……ああもう、やっぱり兄貴とじゃれるのは無理！　難易度が高すぎる！」

「……俺と、何だって？」

「何でもないです。いいよ、もう。どこへでも行くし、誰とでも会うよ」

「行くのはJR摂津本山《せっつもとやま》駅前の喫茶店で、会うのはスズだ」

「目的地も、初めて聞いた！」

「それも、今言ったからな」

奈津がいれば、「じゃれてる、じゃれてる」と面白がったであろうやりとりを双方顰めっ面でしながら、兄弟は、長い下り坂を結構なスピードで下っていったのだった。

三章　隠した傷

「ああ、ここ！　前から実は気にはなってたんだ。入るチャンスがなくてさ」

一憲に連れてこられた店の前で、海里は意外そうな声を上げた。

「JR摂津本山駅」からすぐ北側、線路沿いの道にある「カフェ・ド・フェロー」は、山小屋のような渋い店構えの、昔ながらの喫茶店である。

少なくとも海里が高校生のとき、神戸に越してきたときから、既に店はあった。以来、幾度も電車の車窓から眺め、あるいは前を通り掛かったことはあるのだが、入る機会はこれまで一度もなかった。

煉瓦《れんが》造りの壁、鉢植えが並べられた大きな出窓、そこから覗《のぞ》けるシックでシンプルな雰囲気の店内。

重厚な木の扉を開けて中に入るのは、いかにも「大人のたしなみ」という気がして、十代の海里は、すっかり気後れしてしまっていたのである。

「兄ちゃん、よく来るの？　行きつけ的な？」

弟に問われて、一憲は軽く頷いた。

「行きつけというほどではないが、まあな。職場に近いから、顧客との待ち合わせに使うことがよくある。事務所の応接室はつまらないとか、堅苦しくて嫌だという人が、それなりにいるんだ」

「へえ。まあ、喫茶店のほうが、確実に美味《おい》しいコーヒーとか飲めていいかもね。雰囲気もよさそうだし。俺もタレントやってた頃、神保町《じんぼうちょう》の『さぼうる』とかで打ち合わせって言われたら、ちょっと嬉しかったもん。チーズケーキが旨《うま》いんだ。兄ちゃん、知ってる？」

「いや、名前だけは上司から聞いたことがあるが、行ったことはないな。ここはコーヒーが旨くて……ああいや、とにかく入ろう。店の前で立ち話をしていては、不審だ」

いかにも慣れた感じで、一憲は扉を開ける。兄について店内に足を踏み入れた海里は、「おー」と、小さく感嘆の声を上げた。

外からは店内が暗く見えていたが、意外と外の光が差して明るい。それでも、天井から下がった金属製のシェードつきの暖かな灯《あか》りが、どこか夕方っぽい、落ち着いた雰囲気を演出している。

白い壁にダークな色の木材が配され、テーブルと椅子はこれ以上ないほどスッキリしたデザインだ。

そのくせ、入り口すぐ脇には、客が時間を潰《つぶ》せるよう、たくさんの雑誌が用意されていたりして、ちょうどカフェと喫茶店の中間くらいの趣だろうか。

立派なコーヒー焙煎機《ばいせんき》や、フルーツ、それに美味しそうなスイーツがガラス越しに見られるようになっているのも、飲食業に携わる海里には興味深い。

「ああ、もう来ていたか」

一憲のそんな呟《つぶや》きに、キョロキョロと店内を見回していた海里は、ハッと客席に目をやった。

店内には数組の客がいたが、いちばん奥の四人掛けのテーブルに、仁木涼彦の姿があった。

入り口が見えるよう、壁を背にして座った仁木は、芦屋警察署生活安全課に所属する警察官である。

一憲とは高校時代の同級生で、サッカー部の部員としても共に活躍していた。

今は「ばんめし屋」の常連客のひとりでもあり、まさに五十嵐兄弟共通の友人と呼べる存在だ。

一憲同様、勤務時はいつもスーツ姿の彼だが、今日はまるで一憲と示し合わせたような、ポロシャツとジーンズという服装をしていた。

(なんだろ、オッサンはポロシャツを着る掟《おきて》でもあんのかな)

そんな失礼な疑問を頭によぎらせる海里に、涼彦は軽く手を振って声を掛けた。

「よう。なんだ、今日は弟も一緒か」

海里は思わず、呆《あき》れ顔で傍らの兄を見る。

「仁木さんのほうにも、俺が一緒って言ってなかったのかよ？」

「そういえば、伝え忘れたかもしれん。大したことではなかろう」

一憲は悪びれない様子で答えたが、海里としては、両手で頭を抱えたい事態である。

実は涼彦は、高校時代ずっと、一憲に片想いしていたのだ。

告白したことも、それらしい振る舞いをしたこともない上、元来、色恋沙汰《ざた》には無頓《むとん》着《ちゃく》かつ鈍感な一憲は、未《いま》だにそんな涼彦の想いを知らずにいる。

涼彦自身にとっても、高校卒業後は何年も付き合いが絶えていたせいもあり、一憲への恋心は、もはや過去のものだ。

今は、一憲が誰よりも信頼を寄せてくれる親友という自分の立ち位置を堅持したいらしく、告白の意志はないどころか、一憲の妻、奈津と仲がいい。

「一憲のよさを理解できる奴は、そうそういないからな。あいつと添い遂げる覚悟を決めた時点で、大いに尊敬に値する」

それが涼彦の奈津への評価で、一方の奈津も、涼彦の、過去のものとはいえ一憲への気持ちを打ち明けられた上で、むしろ涼彦にシンパシーを感じているようだ。

「あの気難しい一憲さんと、ずーっと親友であるばかりか、恋までしちゃうとか。仁木さんは凄《すご》いわよね。なんか、他人とは思えないわ」

そんな風に、奈津は海里に語ったことがある。

奈津と涼彦は、同じ男性に惹《ひ》かれた恋のライバルというよりも、むしろ難儀な男と縁を結んでしまった戦友同士のような間柄になっているらしい。

（ああいうのも、三角関係っていうのかな。ずいぶん不思議な関係だけど、全然悪くないって感じ。大人の恋愛事情って、複雑すぎてよくわかんねえわ）

ざっくばらんに挨拶《あいさつ》を交わす兄と仁木を見ながら、海里は半ば呆れつつそう思った。

芸能界にいるあいだ、とにかく恋愛は御法度だと事務所の社長に厳しく釘《くぎ》を刺されていたこともあり、世間では「モテまくっている」であろうと思われていたタレント時代、海里はむしろ同年代の他の男性たちより、遥《はる》かにストイックな生活を送っていた。

何しろ、朝の情報番組に出演するためには、いわゆる丑《うし》三つ時に起床し、テレビ局に向かわなくてはならないのだ。平日、ずっとそんな生活をしていては、夜遊びする暇などろくにないのも当然である。

そんなわけで、海里としては、涼彦と一憲、そして奈津の微妙過ぎる間柄がよく理解できていないのだが、とにかく、涼彦が自分の存在に落胆していない様子なのに安堵《あんど》して、涼彦の向かいの席に、一憲と並んで腰を下ろした。

さっそくアルバイトとおぼしき店員が水のグラスを運んで来て、「注文お決まりになったらお声をかけてください」と言って去っていく。

涼彦は、自分の前に広げていたメニューを、二人のほうへ向けた。

「とりあえずお前らが来てから注文をと思って、暇潰しにメニューを眺めてたんだが」

そう言いながら、涼彦は真顔で言った。

「ミックスサンドとプレーンワッフル、どっちのセットにするかで悩んでたところなんだよな」

「えっ、ワッフル？」

意外なメニューに軽く驚きながら、海里も涼彦が開いたメニューのページに見入る。

「うわ、でっかいな。いいね！」

ワッフルメーカーで大きく丸く焼き上げるワッフルは、色々なトッピングが用意されていて、いかにも旨そうだ。

そこで敢《あ》えて、バターとメープルシロップというベーシックなワッフルを選ぶところが、何となく涼彦らしい。

海里のそんな印象を察したのか、涼彦はうっすら無精ひげが生えた顎《あご》を撫《な》でて、「こういうのは、シンプルイズベストだろ」とニヤリとした。

「ここは、ワッフルも有名なんだ。しかし、スズ。もしや昼飯がまだなのか？」

訝《いぶか》しげな一憲に、涼彦はさも当然といった顔つきで答える。

「昼飯ってか、朝飯もまだだよ。非番の日は、食うより寝るほうが優先なんだ。今日も、家出る時間の十分前まで寝てた。だからヒゲ剃《そ》ってねえし、頭にブラシも入れてねえ」

そう言って手櫛《てぐし》で撫でつけてみせる髪には、確かに、枕が頭のどこに当たっていたかが明確にわかる癖がついているし、前髪も不思議なところで分かれている。

どれだけカジュアルな服装をしていても、身繕いは隙なくきっちりしている一憲は、寝起きそのままの親友の姿に、さすがに太い眉《まゆ》をひそめた。

「高校時代から、もてるわりに身なりに無頓着な奴だったが、そこは相変わらずだな。だが、いくら何でももう少し気をつけたほうがいいんじゃないのか？　ここまで、電車で来たんだろう？　お前、警さ」

「おっと、大袈裟《おおげさ》に聞こえるかもしれねえが、外では『会社員』で頼む。壁に耳あり、障子にメアリーってやつだ」

警察官なんだから……と言いかけた一憲を素早く遮り、冗談めかして涼彦はそう言ったが、眼光の鋭さで、口ぶりよりずっと本気だと知れる。

生活安全課という仕事の性質上、一般市民に紛れての捜査や監視といった業務があるのだろう。そういうときには、顔が知れていないほうが好都合なのに違いない。

（刑事ドラマみたいだ！　いや、目の前に本物の刑事さんがいるのに思うことでもないか）

軽く反省しつつ、海里はメニューを素早くチェックしてみた。

大きな焙煎機があるだけあって、コーヒーにはかなりのこだわりがあるようだ。ブレンドも数種類、他にも水出しや、豆の種類を指定するもの、カフェ・オーレやカプチーノ、ウインナーコーヒーといったものも用意されている。

他の飲み物も、カフェというよりは古き良き喫茶店のセレクションで、特にミックスジュースはとても美味しそうだ。

「悩むなあ。俺、ブランチをがっつり食ったし、さっき実家でお菓子も食ったんだけど、でもなんか食べたくなる。兄ちゃんは？」

他人の前では、ちょっと格好をつけて一憲を「兄貴」呼びする海里だが、幼い頃の彼を知る涼彦の前では、今さら気取っても仕方がない。

一憲のほうも、パブリックスペースで、海里に子供の頃のように「兄ちゃん」と屈託なく呼ばれ、面映《おもは》ゆそうにしながらも、特に咎《とが》めもせず応じた。

「俺は、ソフトブレンドだな。ここはコーヒーを一杯ずつ、サイフォンで淹《い》れてくれるんだ。残念ながら、俺はコーヒーの味を評論できる舌の持ち主ではないが、その今どき珍しいゆったりした丁寧さは、とてもいいと思う」

「へえ！　俺、そんなのドラマでしか見たことないや」

高校時代から、体調の優れない母親に代わり、海里の世話や家事、そして家計を支えるためのアルバイトに追われてきた一憲は、それをいっさい、言い訳にしなかった。家庭環境を知る担任教師が心配するほど、品行方正、文武両道を貫き通したのである。

だが、その代償は、彼の「余裕」だった。

何もかもを完璧《かんぺき》にこなそうとするあまり、ごく自然に、無駄な時間の使い方を嫌う、セカセカした余裕のない性格になってしまっていた。

友達づきあいも最小限に止《とど》め、サッカー部の部長として強力なリーダーシップを発揮しつつも、部員ひとりひとりのケアについては、副部長の涼彦に丸投げしていた。

当時の一憲の自他共に対する苛烈《かれつ》なまでの厳しさの三割は生来の性格、七割はあまりの多忙さとプレッシャーのせいだったのではないかと、今の海里は考えている。

だが、一憲は公認会計士として会計事務所に就職して生活が安定し、奈津という大らかで快活な性格の伴侶《はんりょ》を得た。母、公恵も健やかに暮らしており、海里とも和解して、今、一憲は人生でいちばん平和な日々を過ごしているはずだ。

丁寧に淹れてもらったコーヒーをゆったり楽しむ余裕ができたらしき兄の端整な横顔を、海里は嬉《うれ》しく眺めながら混ぜっ返した。

「確かにコーヒーは旨そうだけど、兄ちゃんは何も食わないの？　あ、もしかしてダイエット中？　幸せ太りってやつ？」

すると一憲は、たちまち絵に描いたような顰《しか》めっ面になった。海里にとっては、笑顔よりずっと馴染《なじ》みのある表情だ。

「馬鹿者。完璧に自己管理ができるとまでは言わんが、体重くらいは毎晩、体重計に乗ってコントロールを心がけている」

「マジで！」

「マジか」

海里と涼彦は、同時に感心と驚きが入り交じった声を上げる。

「サッカー部員の頃から自己管理にはストイックだったけど、今もか。まあ、もうすぐ親父になる予定なんだろ。腹なんか出してる場合じゃねえよな。とと、注文、とっとと決めようぜ。一憲はマジで食わねえのか？　ワッフル、ハーフサイズもあるみたいだぞ」

サラリと「親父になる予定」と口にして、涼彦はメニューのワッフルの写真を指先でとんとんと叩《たた》く。

親友なのだから当然といえば当然なのだが、一憲は、涼彦には特別養子縁組について前向きに取り組んでいると、既に打ち明けているようだ。

一憲は困り顔で、広い肩を軽く上下させた。

「ハーフでも多すぎる。強いて言うなら、一口くらいは食いたい気がするが」

「あっ、わかる。腹いっぱいでも、この布陣だと一口は食いたいよな」

珍しく兄との共通点を見出《みいだ》し、海里は無意識に弾んだ声を上げた。

「じゃあ、飲み物は各自頼むとして、ミックスサンドとプレーンワッフルは、どっちもハーフで頼んで三人で分ける？」

両方食べたがっていた涼彦は、海里の提案に一も二もなく賛同した。一憲も、「では、俺は一口ずつ貰《もら》う。どのみち、今日は俺の奢《おご》りだ。それで足りなければ、何でも追加してくれ」と、生真面目に気前のいい発言をする。

皆の注文を取りまとめ、店員に手際よく伝えた涼彦は、メニューを取りのけてようやくスッキリしたテーブルを眺めながら、「で？」と、一憲に水を向けた。

「俺と弟を秘密裡《ひみつり》に呼び出して、いったい何の話だ？　相談があるとか、LINEじゃ言ってたが。お前はケチじゃねえが、大盤振る舞いをしたがるほうでもねえ。俺たちに奢るほどの大問題でも発生したか？」

涼彦とて、お世辞にも愛想がいいとはいえないタイプだが、もとからの性格か、あるいは警察官としての経験からか、相手に話しやすい環境を作ることは上手だ。

今も、話を始めるよう催促しておきながら、敢えて相手に視線を向けないことで、緊張しがちな空気をさりげなく和らげている。

（こういうとこ、勉強になるなあ……）

いつか俳優業に復帰するにせよしないにせよ、どんな人生を歩むにしても、他人と触れ合わない職業はそう多くない。

少なくとも、朗読で少ないとはいえ報酬を得るようになった今、人間観察は、きっと演技に幅を持たせてくれる。

そうと考えた海里は、最近、他人のちょっとした仕草や言動を、注意して見るようになった。

（で、兄ちゃんも、仁木さんのこと見ずに喋《しゃべ》ろうとするんだな。こういうとこ、長年の信頼関係って感じ。勿論《もちろん》、俺のことなんかミリ見ないってやつかぁ）

実際、一憲は、カウンターでマスターが用意し始めたコーヒー用のサイフォンを眺めながら、小さな咳払《せきばら》いをして、口を開いた。

「その、さっきスズが言った、『父親になる予定』、つまり特別養子縁組のことなんだが」

「もしかして、マジで決まった？　さっきの愛生ちゃんはフェイントだったけど、兄ちゃんたちのほうも、実はもう？」

「おい、弟。一憲にひととおり喋らせろ。話がこんがらかるだろうが」

「あ、ゴメン。つい」

涼彦にジロリと眼光鋭く睨《にら》まれ、海里は片手で口を塞《ふさ》いで、もう一方の手を兄に向ける。

「どうぞ。邪魔してすいませんでした」

「……邪魔ではないが……残念ながら、俺たちのほうはまだだ。やはり、特別養子縁組となると、生半可なことじゃない。裁判所の審判を経て縁組が成立するとき、子供と実の親との関係は、戸籍の上で解消されることになる。俺と奈津の実子という扱いになるんだ。そしてそんな一生にかかわる重要なことを、子供は自分の意志で決定できるわけじゃない。これは、とても重いことだ」

しゃちほこばった一憲の話しぶりに、ようやく彼に視線を向けた涼彦は、軽く頷《うなず》いてみせた。

「俺たちは民間団体にお世話になっているが、そこもそういう気持ちはよく理解してくれていて、研修だけでなく、乳児院や児童養護施設の子供たちと触れ合うアクティビティにも参加させて貰えている。里親登録への手続きが完了した後でもなお、十分に夫婦、家族で話し合えと」

海里は、黙っていろと窘《たしな》められたのを忘れて、つい相づちを打ってしまった。

「へえ！　奈津さんはともかく、兄ちゃんが子供と触れ合う、かあ」

「お前とだって、十分過ぎるほどかかわったつもりだがな。……ああいや、それが問題でもあるから、お前にも話したかった」

「へ？　俺？」

驚いて自分を指さす海里に重々しく頷き、一憲は深い溜《た》め息をついた。

「無論、心変わりをしたわけじゃない。軽い気持ちで、特別養子縁組というシステムにかかわろうとしたわけでもない。奈津と共に、生みの親と何らかの事情で歩むことができなかった子供の、本当の両親になりたいと願っている。だが」

「だが？」

いったん口ごもった一憲だが、海里に探るように見られ、涼彦に穏やかに促されて、再びの溜め息に含めるようにして、低く言葉を吐き出した。

「養親としての心構えについて聞けば聞くほど、施設の子供たちの姿を見れば見るほど……その、何と言えばいいんだ。少し違う気がするが、いちばん近い言葉は、『不安』と『恐怖』だと思う」

「不安は、たぶん、里親になる人全員そうだと思うけど、恐怖？　兄ちゃんが、怖がってるってこと？」

涼彦は、面食らった様子で眉《まゆ》を僅《わず》かに上げた。海里も、意外そうに兄の顔をつくづくと見る。

「兄ちゃんが、恐怖なんて言葉を、こんなことに使うと思わなかったな。何が怖いの？子供がちっちゃくて、踏み潰《つぶ》しそうだから？」

「そういう冗談はやめて、真面目に聞け。こっちは真剣なんだぞ」

軽口で兄の心を少しでも和らげたいという、海里なりの思いやりだったのだが、何でもシリアスに受け取る一憲には、伝わらなかったようだ。

(ガキの頃から、こういう性格の不一致は解消されねえなあ)

しみじみと実感しながら、海里はそれでも素直に「ゴメン」と謝った。

そこへ、さっきの店員が、まずは飲み物を運んできた。

一憲にはソフトブレンド、涼彦にはレモンスカッシュ、海里にはアイスロイヤルミルクティーをそれぞれ置いて、さっと立ち去る。

沈黙せざるをえない短い時間のおかげで、少し気持ちが落ち着いたらしい。一憲は、「我ながら滑稽《こっけい》だとは思っているんだ」と、言い訳のように海里に言ってから、こう続けた。

「養親としての条件は申し分ないと、団体の人は太鼓判を捺《お》してくれた。最近では、共働きの養親も珍しくないそうだ。もっとも、子供を引き取ってから最短でも半年間は、試験養育期間になる。その間は、できれば夫婦どちらかが育児に専念してもらいたいと言われたが」

「しけん、よういく？　何？」

首を傾げる海里に、一憲はまるで税務についての用語を説明するような口調で答えた。

「試験養育期間。つまり、養親が本当に親として機能するか、養親と子供の相性はいいか。何か深刻な問題が起こる要素がないか、まあ、とにかく、本当に親子にしていいかどうかを、縁組前に確認する期間だ」

「ああ、お試し期間ね！　そりゃ重要。半年もあるんだ？　いや、子供の一生がかかってるんだもんね。半年でも長すぎはしないかも」

「ああ。もっと長くなることもあると聞いている。養親としては気持ちが落ち着かないだろうが、必要なだけ時間をかけるべきだと、俺も思う」

一憲は冷静に答えた。

今は、海里の反応があったほうが一憲が話しやすそうなので、涼彦も特に海里を黙らせようとはせず、ただ耳を傾けている。

「そっか、せっかくのお試し期間に、両親揃って家を空けてちゃ意味がないよな。でも、そんなの可能？　そんなに長く仕事を休むって、かなりハードル高くない？　そりゃ不安になるよね。怖いってそのこと？」

海里は得心がいった様子でそう言ったが、一憲はハッキリと否定した。

「いや、違う。そこは、俺も奈津もはなから覚悟していたことだ。子供を迎えれば、自然と子供が家庭の中心になるだろう。互いに馴染《なじ》んで、生活パターンがある程度定まるまでは、これまでのように仕事を第一に考えるわけにはいかない」

涼彦は、レモンスカッシュを飲み、「目が覚める味だな」とシンプルな感想を述べてから、一憲に問いかけた。

「とはいえ、稼がなきゃ食えねえんだから、二人とも家にいるってわけにはいかんだろ。どっちが仕事を休むんだ？」

「交代で、育児休業制度を利用しようと相談している。互いの上司にも相談済みだ。子供を迎える時期によっては……たとえば、俺は公認会計士だから、確定申告の時期は絶対に休めないだろう？　奈津とふたりで話し合って、どちらが家にいるか決めなくてはならないだろうな」

「確かに。職業的繁忙期ってやつは、どうにもならんもんな」

「ああ。里親に登録するための手続きは完了した以上、子供がいつ紹介されるかわからない。そこは流動的に、だが夫婦の間に納得できない、あるいは埋め合わせることができない不公平が発生しないようにと二人で相談している」

いかにも一憲らしい言い様だが、つまり彼は、「基本的に母親が育児を担うべし」などとは思っていないということなのだろう。

奈津と共に子育てを行うが、現実的には完璧《かんぺき》なフィフティ・フィフティにはならないことも予測済みであり、生じてしまった差を、あとできちんと解消する必要があるところまで考えているのが、いかにも慎重で周到な一憲らしい。

心の中で感心しきりの海里に視線を向け、一憲はこう付け加えた。

「無論、母には常時、サポートを頼むことになるな。そういうことはないように努めるが、時には海里、お前にも」

海里は張り切って胸を張った。

「そこはもう！　ある日突然、叔父《おじ》さんになる男だからね、俺は！　店は夜からだから、昼間はそれなりに融通がきくし。夏神さんだって、いつでも相談しろって言ってくれてるんだから、どーんと頼ってよ！」

しかし一憲は、力なく首を横に振った。

「だが、お前には朗読のステージがあるだろう。朗読の先生……倉持悠子先生が療養中のお留守を守るというのは、生半可なことではないぞ？　頼んでおいて何だが、やはり、『ばんめし屋』と朗読の仕事に全力投球してほしいと願っている」

あくまでも真面目な兄の言い様に、海里は苦笑いで頷いた。

「それは、言われるまでもないって。だけど、叔父さん業も大事だろ。まあ、そこんとこの相談は、実際に子供が来てからでいいじゃん。で、何が恐怖なの？」

一憲が答えようとしたとき、今度はワッフルとサンドイッチが運ばれてきた。いずれもハーフサイズと言われなければ、普通に一人前だと思ってしまいそうな、十分な量である。

取り分け用の皿とフォークも置かれ、とにかく熱いうちにと、海里はきつね色に焼き上がったワッフルにバターを塗り広げ始めた。

その丹念な手つきを眺めつつ、一憲は眼鏡を押し上げ、ボソリと言った。

「俺自身の資質が、だ」

「はい？」

熱々のワッフルに、バターはすぐに溶けて染み込んでいく。ナイフを動かす手は休めず、海里は兄をチラと見た。

一憲は、視線を天井に彷徨《さまよ》わせる。

「奈津はああいう性格だから、こうと決めたら迷わない。研修やアクティビティには人一倍、いや十倍と言いたいほど積極的に取り組んでいるし、特別養子縁組の先輩夫婦たちの経験談を聞く機会があれば、熱心に耳を傾けている」

「それは、兄ちゃんも同じだろ？」

「それはそうなんだが……。そして母もまた、週末里親を引き受けて、前に進もうとしている」

そこで涼彦は、ようやく会話に戻ってきた。

「週末里親か。職業柄、制度は知ってる。なるほど、さっき弟が話に出した……誰ちゃんだっけか？」

「愛生《うい》ちゃん。受験生だから、実家に来て勉強するのが主目的だって」

「なるほど。そりゃ、おばさんが週末里親になってくれりゃ、安心だな。奈津さんもいることだし」

「だよね。兄ちゃんも、そこは賛成なんだろ？　子供が来たら、今みたいに静かな環境じゃなくなるだろうから、勉強にベストな家じゃなくなるかもだけど……」

一憲は、力なく首を振った。

「そこは心配していない。愛生さんが暮らす児童養護施設には小さい子供もたくさんいるから、ひとりくらいの泣き声なら苦にならないと、本人もはっきり言ってくれた。むしろ、我が家に正式に子供を迎えたあとも、自分が通ってきていいのかを心配していたほどだ」

「そこは、無論オッケーしたんだよな、兄ちゃんたち」

「当然だ。姉のように接してくれたら嬉《うれ》しいと伝えた。安堵《あんど》して、喜んでくれたようだ」

「口下手なお前にしちゃ、十分な言葉じゃねえか。じゃあ、お前の資質の何が問題なんだ？」

こちらは、耳を付けたままの山形食パンをスライスし、ハムと卵、そしてたっぷりの野菜を挟み込んだサンドイッチを大口で齧《かじ》りながら、涼彦は訝《いぶか》しそうに友の四角い顔を見た。

一憲は、「一口食べたい」と言ったくせに、食べ物にすぐには手を伸ばそうとせず、ブラックのままでコーヒーを啜《すす》って、また嘆息した。

「俺ひとりが、置いていかれている」

「あ？　女三人にのけ者にされてるってか？　そりゃむしろ、喜ぶべきことだろう。姑《しゅうとめ》と嫁と里子が仲良しなんて、ファミリードラマなら、何のトラブルも起こらな過ぎてNG設定になるやつじゃねえか。なあ、弟？」

バターを塗り終えたワッフルにメープルシロップをたらたらと回しかけ、フォークとナイフで一口大に切り分けた海里は、最初の一口を自分で頰張り、涼彦に同意する。

「ホントそれだよ。兄ちゃんの性格的に、自分で盛り上げるのはまず無理だろ。だったら、ガールズと一緒に張り切ればいいじゃん。盛り上がってるとこに乗ればいいだけなんだから、いちばん簡単なパターンだろ？」

「簡単なものか！　お前のせいとは言わないが、お前にも原因があるんだぞ、海里」

いきなり尖《とが》った声音で兄にそう言われ、海里はフォークを持ったまま固まる。

「は？　俺？　なんで？」

「……ああ、いや、すまん。間違えた。違う、お前のせいじゃない。だが……こういうことだ。俺は一度、子育てを致命的に間違えた」

海里と涼彦の口から「あ」という驚きとも、「ああ」という納得ともつかない、もしかするとその両方かもしれない微妙な声が、同時に上がった。

先に言葉を発したのは、涼彦のほうである。

「なるほど、弟のことか。お父さんが早く亡くなって、お母さんはそれが原因で心身不調。弟はまだ小さくて、わけわかんねえことばっかりする。経済状態は磐石《ばんじゃく》じゃなく、バイトでちょいと安定させる必要もあった。途中から神戸に越してお祖母《ばあ》さんと同居になったが、得られるサポートは十分じゃなかった」

当時の一憲が置かれた状況を端的に要約してみせた涼彦は、同情するようにくたびれた笑みを浮かべた。

「こっちがはたで見ていても可哀想なくらい必死で世話してたのに、弟、全然懐いてなかったもんな。まあ、俺でも懐けねえよ、あんないつもピリピリした、怒鳴り声のでかいおっかねえ兄貴には」

さすが親友、高校時代を通じて、家庭生活の安定と弟の養育に心を砕いていた一憲の姿をずっと見守っていただけあって、涼彦の声には実感がこもっている一方、辛辣《しんらつ》そのものだ。

一憲も、そうした涼彦の率直な物言いには慣れているので、素直に同意した。

「それは……そうだったかもしれん」

「自覚があるだけまだマシだな。まあ、俺は高校卒業してからはよく知らんが、何年も関係断絶して、仲直りできたのがほんの数年前と来ちゃ、お前ら兄弟がどんな感じだったのか想像はつくし、無理もねえと思う。そうだな。一憲にとっちゃ、確かに次の子育てが不安になるレベルのトラウマだわな」

一憲は、頷《うなず》く代わりに軽く目を伏せる。

「俺とて、社会人になり、色々な経験をして、少しは学んだ。ずいぶん大人になったと思う。相手に合わせることも、多少はできるようになった。だが、性格はそうそう変えられん。少しばかり寛容になり、高圧的な態度が改善されたところで、この堅苦しい、意固地なところは、消え去りはしないだろう」

「滅茶苦茶《めちゃくちゃ》自覚してるじゃん。それだけでも進歩してるんじゃね？」

思わず賛辞を送った海里だが、褒め言葉には聞こえなかったのだろう。一憲は「やかましい」と海里を睨《にら》み、腕組みして項垂《うなだ》れた。

「確かに、俺と奈津で、子供に家庭という居場所を用意してやることはできる。留学などのオプションは要検討だが、子供ひとりを大学まで進学させるための経済的なプランも、現時点では無理なく実現可能だ」

「ああ、お前、そういうのはプロだもんな。そっちについては、誰よりも頼りになるプランだろうよ」

涼彦にそう言われて、一憲はそこは公認会計士のプライドか、大きく頷きはしたが、やはりしょげた様子で言葉を継いだ。

「奈津はいい母親になるだろうと思う。今は獣医師として動物たちに向けている愛情を、我が子になった子供にも惜しみなく注ぐだろう。彼女なら、施設にいた頃夢見ていたという、温かな家庭を築くことができるだろう」

海里はうんうんと頷く。

「奈津さんは、マジでいいママさんになると思う。それに、奈津さんとうちのお母さんとの関係を見てると、『自分が産んだかどうか』って大した問題じゃねえなって感じるんだよね」

そう言ってパクリと二切れ目のワッフルを頬張り、海里は「うま」と嬉しそうな顔をした。

表面の凸凹にシロップが染み、それでいてカリッとした食感は部分的に残っているので、歯触りと味の両方が楽しめる。

生地の素朴な香ばしさと軽さに、バターの芳醇《ほうじゅん》な風味がよく合っている。

一憲もまた、海里に誘われるように、自分のフォークでワッフルのいちばん小さな一切れを取り、口に運んだ。

「そうだな。無論、今の関係に至るまでには、母と奈津、双方の気遣いと努力があったことは言うまでもないが、二人は今や、本当の母と娘にしか見えん。ずっと一緒にいたはずの俺なんかよりずっと、互いに理解し合っている。奈津が来てから、母は本当に楽しそうだし、前向きにもなった」

「うん、ホントに。実家の居心地が、一万倍よくなったもんな～」

海里の調子のいい台詞《せりふ》に眉《まゆ》をひそめはしたが、いつものように小言を口にすることなく、一憲はボソボソと打ち明けた。

「こんなことは、母にも奈津にも言えない。だが、誰かに打ち明けたかった。だから……お前たちを呼び出したりしたんだ」

いよいよ話が核心に差し掛かったのを悟って、涼彦は軽く一憲のほうへ上体を傾け、海里はフォークを皿に戻す。

「奈津がどれほど、母親になりたい、子供がいる温かな家庭を持ちたいと熱望しているかは、誰よりも俺がわかっている。俺もその夢を共有し、実現したいと願う。その想いに変わりはない。だが、その一方で、温かになるはずだった家庭を、他でもない俺が壊してしまうのではないかという恐怖が、日に日に大きくなっていくんだ」

「兄ちゃんの恐怖って、俺のときの二の舞が怖いってことだったんだ？」

一憲は頷き、複雑な面持ちになった弟をじっと見た。

「お前は俺とまったく違う性格だった。とにかく『きちんとやり遂げること』ができない子供で、何でも途中で放り出して、片付けもせず、上手《うま》くいかないことは、泣けば誰かが助けてくれると知っていて、自分で努力することをおよそしなかった」

「ちょ……！　今さら公開処刑みたいなの、やめてくれる？　いやまあ、確かにそうだったと思うけど」

焦りつつも素直に認めた海里を見つめたまま、一憲は沈痛な面持ちで話を続けた。

「心を尽くせば、お前もわかってくれる……そう思っていた俺は、裏切られた気持ちだった。口が達者になるにつれ、お前はますます反抗的になったし、俺に嘘をついたり、誤魔化したりするようにもなった」

「うう」

「俺は、ずっとお前がわからなかった。どうして真面目にやれないのか、どうしてすぐに人を頼るのか、どうして口先だけで言い逃れようとするのか、どうして、いつかやらなくてはならないことに、ギリギリまで手をつけないのか……」

「夏休みの宿題については、マジで反省してる！　兄ちゃん、鬼みたいな顔で怒鳴り散らしながら、それでも徹夜で手伝ってくれたもんな、工作」

「それも、毎年な」

短く付け加え、一憲は肩を落とした。

「正直、お前さえいなければと、何度も思った。お前が役者になると言って家を飛び出したとき、腹を立てはしたが、これでようやく厄介払いできたという思いも……なくはなかった」

「酷《ひで》ぇな！」

「その頃には、お前への気持ちはもはや愛情でなく、義務感と嫌悪感だけで成り立っていた気がする。酷《ひど》いと言うが、お前だってそうだろう」

「嫌悪……ね。その言葉、俺からもそっくりそのまま返すわ。前にも言った気がするけど、俺にとっても、兄ちゃんはいつも壁だったからな。でーんと立ち塞《ふさ》がって、いつだって俺の邪魔をする。俺の気持ちも、俺がやりたいことも、全然聞いてくれない。自分の考えばっか押しつけて……」

「それだ」

一憲は、椅子に深くもたれて、頭上のライトを見上げた。

「奈津にもいつも言われる。あなたは、目の前のことに全力投球できる代わりに、視野が狭いと。世の中の人は、全員あなたとは違うのだから、そこをまず理解しないと、自分も相手もつらいわよ……と」

「それだー！」

義姉の言葉に、海里は思わず兄と同じ言葉で同意する。

涼彦は、呆《あき》れ顔で口を挟んだ。

「人間、いい面と悪い面は、カードの表裏みたいなもんだからな。けどよ、それがわかってんなら、次は大丈夫なんじゃねえか？　さっきお前が言ったみたいに、人間、根っこはそう変わりゃしねえよ。けど、努力して、我慢して、行動を改めることはできるだろ。大人なんだからよ」

少し苛《いら》ついた様子の涼彦の声に、一憲は申し訳なさそうに「そのとおりだ」と返しつつも、自分の両手に視線を落とした。

「そうせねばと、思う。子供を迎えたら、今度こそ、子供の話に耳を傾けよう、厳しく躾《しつ》けねばとは思うが、子供が何故それをするのか、したいのかを理解せねばと。どこまでできるかはわからないが」

「おう。それでいいんだよ。完全にできると思うほうが間違ってんだ。努力目標でいいんだ、そんなことは」

「だが、そんなふうに考えていると、この両手が言うんだ。『本当にできると思っているのか？　誰も知らないからといって、自分の罪を忘れるつもりか？』と」

テーブルの上にそっと置かれた一憲の大きな両手は、いくらエアコンがきいた店内だといっても、初夏とは思えないほど蒼白《そうはく》だった。指先が細かく震えているのが、隣にいる海里だけでなく、テーブルを挟んだ向こう側にいる涼彦にも容易に見て取れる。

涼彦の目が、すっと細くなった。親友ではなく、刑事の目だ。

「罪ってのはなんだ？　お前、俺が知らないヤバいことでもやらかしたのか？」

「兄ちゃん……？」

自分の両手を見下ろし、一憲は押し殺した声で告げた。

「あれは、俺が高校二年生くらいだったか。だから海里は四、五歳あたりだろうな。ある夜、バイトからヘトヘトになって帰宅したら、母親はリビングのソファーで、海里の相手に疲れたのか、ぐっすり寝入ってしまっていた。そして……カーペットが地獄絵図だった」

「じ、地獄絵図!?」

海里はギョッとして、思わず自分の両手を見下ろす。

「もしかして、俺？」

一憲は、瞬《まばた》きで頷《うなず》く。

「昼間、病んだままでお前の世話をしていたお母さんは、とにかくお前に騒がれたくない、泣かれたくない、その一心だったんだろうな。俺がいくらやめろと言っても、コンビニで買ってきた菓子を片っ端からお前に与えて、大人しくさせようとしていた」

「……そう、だったんだ」

「その夜も、リビングじゅうに菓子の小袋が散らばっていて、カーペットはチョコレートだの溶けたアイスクリームだので酷く汚れていた。やらかした犯人は、言うまでもなく幼い海里だ。実際、呆然《ぼうぜん》と立ち尽くす俺の目前で、海里、お前が小さな両手をチョコレートでネトネトにして、それをテレビにせっせと塗りつけていた。いや、両手どころか、顔も髪も服も、すべてがチョコレートまみれだった」

涼彦は気の毒そうに顔をしかめ、海里は思わず両手で顔を覆ってしまう。

「嘘だろ。全然覚えてねえわ。ゴメン」

一憲は、微《かす》かにかぶりを振る。

「それが、日常茶飯事だったからな。幼いお前が覚えていないのは、仕方のないことだ。だが、そのときのことを、自分が忘れていたことが信じられない。あんなことをしておいて」

「おい、何したんだ、お前。マジで」

涼彦にきつい口調で問い詰められ、一憲は震える両手を僅《わず》かに持ち上げた。

「こんなに疲れているのに、家族のために働いていたのに、俺はこれから、きっと暴れて嫌がる海里を風呂《ふろ》に入れて寝かしつけ、洗濯し、カーペットをしみ抜きし、テレビを拭《ふ》き、部屋を片付けなくてはならないのだ……と思った瞬間、心の中で、何かが切れた」

「……弟をぶっ飛ばしでもしたのか？」

探るような涼彦の問いに、一憲は小さく否定の言葉を口にする。

「いや」

「じゃあ、何をした？」

「気づいたら、海里を床に倒して、首を絞めていた」

「！」

海里の喉《のど》が、ヒュッと鳴る。

一憲は、苦痛をこらえ、絞り出すような声で告白を続けた。

「言い訳は卑怯《ひきょう》かもしれんが、俺とて、父が死んだショックを引きずり続けていたんだ。この先、家族がどうなってしまうのかという不安も大きかった」

「今で言うところの、ヤングケアラーに近いもんがあったんだからな。そりゃ、無理もねえ。だが、一憲」

「わかっている。どんな事情があっても、許されざることだ」

頷くと同時に、一憲の両手が腿《もも》の上にゆっくりと落ちる。

「父の死という、同じ苦しみを共有する母の不調は理解できた。配偶者を突然失ったんだ、どれだけ具合が悪くても、それは仕方がないと思えた。だが……海里、お前は違った。父親の死さえ理解していないお前が、無邪気に騒ぎ、我が儘《まま》を言い、信じられないような悪戯《いたずら》をして、得意げに笑っている。それが、許せなかった。お前さえいなければ、お母さんも俺も、もっと楽になる。そんな思いを自覚する間もなく、この手が、お前の首を絞めていた」

「兄ちゃん……」

「首が短くて細すぎて、俺の片手でも余っていたことを、思い出した。肌の温かで湿った感触も、思い出した。お前は声すら出さず、驚いて身動きもできず、ただ、ポロリと涙をこぼした。それに驚いて、ハッと我に返って手を離したことも……思い出した。おそらく、絞めていたのはほんの数秒だったと思う。それでも俺は、一度だけ、お前を本当に殺そうとした」

「そりゃ確かに、誰も見てなくても殺人未遂だな。立派な罪だ。まあ、未成年のしたことだし、そうでなくても法改正前のことだから、既に公訴時効ではあるが」

涼彦は、敢《あ》えて冷淡にそんな物言いをする。そのほうが、一憲にとってはむしろ楽だとわかっていてのことだろう。一憲も、深く頷いた。

「そのとおりだ。法的にどうであれ、俺の中では、一生背負うべき罪だ。どうして、そんなことを忘れられたのか、自分でも信じられない。だが、本当に忘れていたんだ。特別養子縁組の手続きをするうち、突然思い出して、それからは毎日、不安が大きくなるばかりだ」

当事者である海里は、兄にどう言葉をかけていいかわからず、ただ困惑の表情を浮かべている。一憲は、そんな海里に頭を下げた。

「お前は覚えていないだろうが、本当にすまん。謝って済むことではないが、まず謝るより他にない」

「い、いや、それは何ていうか、むしろ原因は俺だから」

「とはいえ、幼児のすることにそこまで腹を立てた俺に、全面的に非がある」

「でも、兄ちゃんもしんどいのに頑張ってた頃のことで！」

「そんなことは理由にならん」

「なるよ！」

海里は思わず大声を出してしまった。ハッとそれに気づき、目が合った店員に申し訳なさそうに頭を下げてから、彼は兄を見て話を続けた。

「兄ちゃんのしんどさ、誰もどうしてあげようもなかったんだもん。その頃の兄ちゃんのつらさはさ、本当の意味では、誰にもわからないよ。それに、罪は罪かもだけど、俺、こうしてちゃんと生きてるし」

「それも、単なる結果論だ」

動揺する弟に対して、兄はむしろ冷静にそう言い放った。

涼彦は、冷めかけたワッフルのいちばん大きなひと切れをフォークでグサリと突き刺し、頬張って、やや不明瞭《ふめいりよう》な口調で言った。

「なるほどな。それがお前の恐怖の源か。そいつぁ、確かに特大のやつだ。俺は医者じゃねえからわからんが、忘れたのは、自分自身の心を守るためだったんじゃないか？お前が不誠実だったからじゃないと思うけどな、俺は」

「俺もそう思う。記憶に蓋《ふた》をしないと、兄ちゃん、生きていけないくらいしんどかったんだよ、きっと。……なんか、ほんとゴメン。俺が、兄ちゃんの心に傷をつけちゃったようなもんだ」

「違う。それは違うんだ」

「違わない」

「違う」

押し問答を始めた兄弟に、涼彦は心底うんざりした顔で割って入った。

「揉《も》めるな揉めるな。今さらだろ。もう、二人の共同犯罪ってことにしとけ」

「披露宴のケーキカットじゃあるまいし！」

投げやりな涼彦の言い様に、海里は思わず突っ込みを入れてしまう。だが一憲は、どこまでも真摯《しんし》に言い返した。

「まだ善し悪しの分別がつかない幼子だった海里に、責を負わせるわけにはいかん。あれは、完全に俺の罪だ。……そして、俺の中には、今もきっと、そういう暴力性が眠っている。そう思うと、子供の父となる資格などないのではないかと」

「でも、それを奈津さんに打ち明ける勇気はないと」

「勇気云々《うんぬん》というより、俺がそれを打ち明けたことで、奈津の夢を壊してしまうのが怖いんだ。だが、隠したままで子供を迎えるのも怖い。どうしたらいいかとずっと悩んでいて、だな」

だが、そんな一憲の苦悩に対する涼彦と海里の答えは、共通していた。

「言うしかねえだろ、そんなの」

「パートナーに言わないで、どうすんだよ」

はからずも同じような発言をしたことに驚き、涼彦と海里は目を丸くする。

俺が、と視線で海里に告げて、涼彦は語調を和らげてこう言った。

「お前の気持ちが軽くなるなら、いくらでも話は聞いてやる。だけど、それは根本的な解決にはならねえだろ。子育ては、夫婦二人でやることだ。お前に親になる資格があるかどうか決めるのは、俺たちじゃねえ。お前でもねえ」

「……え？」

「決めるのは、奈津さんと、子供を紹介してくれる団体の人たちだ。奈津さんがどう思うか、団体に話すかどうか、告げられた団体がどう判断するか。お前は、被告席に立つ係なんだから、どういう判断を下されても、受け入れることしかできねえんだよ、一憲」

「スズ……」

「まずは奈津さんにちゃんと話せ。思い出しちまった以上、隠したままでのうのうと生きていけるタマじゃねえだろ、お前は。そして奈津さんは、知ったところで、『うわ最低』って切り捨てるような女じゃねえ。ちゃんと受け止めてくれるはずだ。お前が躊躇《ため》う理由が、むしろ俺にはわからねえよ」

「……どうしてお前が、俺より奈津を理解しているような言い様なんだ」

「そりゃ、奈津さんとも、もはやマブダチだからな」

わざと昔風な言葉を使っておどけた涼彦は、こう付け加えた。

「それが終わったら、自分の心と向き合え。法で裁かれない以上、本当の意味でお前を許すことができるのは、お前自身だけだ。そこんとこ、しっかり考えろよ」

「あ……ああ」

一憲が頷《うなず》いたのを見届けて、涼彦は畳みかけるようにこう言った。

「正直、途中までは、いい加減にしろってお前を叱りつけるつもりだった」

「……え？」

「だって、そうだろう。子供をちゃんと育てられるだろうか、なんてのは、贅沢《ぜいたく》な悩みだ。まず、子供を迎える資格さえ持てない人間だって、世の中にはいる。単身者じゃ、特別養子縁組はできねえ。性的マイノリティにも、まだまだハードルは高い。何のケチもつかず、子供を迎えられるってのは、それだけで十分に恵まれてることだ」

涼彦の発言に、海里はギョッとした。

当の一憲だけは何も知らないが、涼彦はかつて一憲に想いを寄せていたし、今も、惹《ひ》かれるのは同性であるらしい。

（確かに、仁木さんがいつか他の男の人とカップルになって、子供を望んでも、そこに

は男女の夫婦より高い壁があるんだろうな）

　海里は複雑な視線を、涼彦に向けた。

　自分の首を絞めた当時の兄の心を正確に想像することは難しいように、涼彦のような立場の人たちが被る不利益や理不尽についても、海里にはまったく把握しきれていないだろう。

「スズ……」

「お前には、奈津さんっていう素晴らしい奥さんがいる。お母さんも元気になったんだろ。頼りねえけど、弟もまあいる」

「もうちょっと高評価をお願いします」

　海里の混ぜっ返しを、涼彦は一蹴《いっしゅう》した。

「うるせえ。おまけに共働きで、どっちの仕事も手堅くて、稼ぎに不安はないだろ。夫婦ふたりとも健康だ。この上不安とか、ふざけんな……そう思ってた。だけど、最後の奴は、まあ、わかる。昔と違って、子供に手を上げるってのは、それだけでもう大問題だ」

「ああ」

「まして、首を絞めたとありゃ、思い出してショックを受けるのが当たり前だ。不安も恐怖も理解した。なあ、お前が思ってるより、お前の心の傷は深いのかもしれねえぞ、一憲。これはチャンスだと思って、ちゃんと向き合えよ。奈津さんと一緒に」

「俺もそう思う。……でも、まずはマジで謝らせて、兄ちゃん。お母さんも兄ちゃんも死ぬほどつらいとき、俺ひとり能天気でいたの、わざとじゃないけどホントにごめん」

海里は心からそう言って、兄に深々と頭を下げた。一憲は慌てた様子で、そんな海里の頭を無理矢理上げさせる。

「馬鹿、やめろ。俺は、お前に謝らせたかったんじゃない。俺が、罪を打ち明けてお前に謝りたかったんだ。……すまん、二人とも。休日に、こんな辛気くさい話で時間を取らせてしまった。聞いてもらって、少し気持ちの整理ができた。やはり、奈津には打ち明けたい。いや、打ち明けなくてはならない。今夜、話すことにする」

一憲の決意に、海里と涼彦は、揃って頷く。

「忘れずに、花と、ヤケ食い用のケーキを買って帰れよ」

そんな涼彦の、励ましを兼ねた本気の忠告に、一憲は泣き笑いの顔になった……。

四章　足跡は続く

その夜、「ばんめし屋」の二階、茶の間兼夏神の寝室で夕食を摂《と》りながら、海里は昼間のことを夏神とロイドに話した。

家族のプライベートな事案だが、海里とて、ひとりで抱えるのはいささか「しんどい」ことでもある。家族同然に信頼している二人にだけは、打ち明けておきたいと思ったのだ。

「おお、それは。それは兄君にとっては、さぞおつらい、苦しい記憶でございましたでしょうね」

卓袱台《ちゃぶだい》から少し距離を空けたところで体育座りしているロイドは、海里が想像したとおり、さめざめと泣きながらそんな感想を漏らした。

眼鏡の涙はどこから湧いてくるのだろうか……と今さらな疑問を抱きつつも、それを追究し始めると、「食べたものはいったいどこへ」という恐ろしい謎についても解き明かす羽目になりそうなので、海里は何も言わず、首に掛けていたタオルをロイドに放り投げた。

ロイドが卓袱台に近づかないのは、今夜はホットプレートを持ち出し、夏神がたこ焼きを焼いているからだ。

何しろ本体がセルロイドで熱には極めて弱いロイドなので、油が飛ぶかもしれないホットプレートの近くは危険である。

安全距離を十分にとって、ジリジリしながらたこ焼きの完成を待っているというわけだ。

「勿論《もちろん》、海里様にとっても」

「いや、俺は小さすぎて、記憶がないんだわ」

タオルで目元を拭《ぬぐ》いながらのロイドの言葉に、海里は短く否定の返事をした。

「色々、複合的にストレスがたまる状況だったとはいえ、兄貴がキレた直接の原因は俺だからさ。なんか、申し訳なくて。俺にできること、ないかなって考えてるんだけど」

「そうは言うても、お前にできることはあれへんやろ。それはもはや、ご夫婦の問題や。今日みたいに愚痴やったらなんぼでも聞いたげたらええと思うけど、それ以外にお前ができることも、すべきこともあれへんで？」

夏神はそう言いながら、見事な手さばきでピックを操り、たこ焼きを引っ繰り返していく。

関東育ちの海里には、自宅でたこ焼きを作るという、いや、そもそもたこ焼きを夕食にするという習慣がなくて、夏神に、「週末やし、店で出た半端食材も溜《た》まってきたことやし、今晩、家でたこ焼きしよか」と最初に誘われたときには戸惑った。

しかも、具材はたこだけでなく、牛肉、ブロッコリー、コーン、チーズ、ベーコン、ナス、ソーセージなど、本当に気軽なあり合わせである。さらに、海里が思っていたよりずっと水っぽい生地を夏神が用意したことにも驚かされた。

「濃い生地でやったら、硬いたこ焼きになってしまうんや。まあ、そのくらいが、素人さんには簡単に作れてええんやろけど、やっぱしたこ焼きは、ふわっ、とろっとしとらんとな」

大阪人のプライドを前面に押し出しながらそう言った夏神は、シャバシャバの生地を、油を多めに引いた、半球形の凹《へこ》みが並ぶプレートに二度に分けてたっぷり流し入れ、固唾《かたず》を呑《の》んで見守る海里の前で、見事に焼き上げてみせたものだ。

以来、何度となく、こうして「たこ焼きパーティ」こと「たこパ」を開催し、今では海里も、夏神に引けを取らないとまでは言わないものの、そこそこ上手に焼けるようになってきた。

だが今日は、きちんと話をしたかったので、焼き手はひとまず、夏神にお任せ状態である。

ホットプレートの金属面を傷めないよう、先端がシリコン製のピックを使い、次々とたこ焼きを返していく夏神の手元を惚《ほ》れ惚《ぼ》れと見つつ、海里はいささか訝《いぶか》しそうに口を開いた。

「ロイドの反応は予想どおりだけど、夏神さんは、珍しくドライだね」

夏神は、「そうかぁ？」と、むしろ意外そうに、こちらもたこ焼きを注視したまま、返事をする。加熱されてもなお緩い生地は、タイミングを見計らい、優しく返してやらないと、グジャグジャに崩れてしまうのだ。

「ドライっちゅうわけやない。ただの、ホンマのことやろ。違うか？」

「違わない。でも」

「気になるんは当然やろけどなあ。気になるから言うて、思いつくまま動けばええっちゅうもんやない」

引っ繰り返したたこ焼きにもう一度生地を回しかけつつ、夏神は淡々とした口調で言った。

「お前も知っとるやろけど、俺の師匠は、言葉よりも行動で教えてくれるタイプのお人やった。そやけど、何のときやったかな。ええ言葉をくれはった」

「船倉さんが？　何て？」

「是非、伺いとうございますね！」

海里だけでなく、タオルのおかげでスッキリした顔になったロイドも、ごく控えめに身を乗り出す。

夏神はホットプレートの温度を微妙に調節しながら、器用に師匠のドスの利いた声とぶっきらぼうな喋《しゃべ》り方を真似してこう言った。

「ええか、留二。罪も恩も、実は天下の回りもんなんやで……て」

　ロイドはオウムのように首を傾げた。

「天下の回り物、でございますか？　しかし、罪は償うもの、恩はお返しするもの。いずれも、お相手あってのことでは？」

　海里もうんうんと頷《うなず》きながら、自分もようやくピックを取り、夏神が二度目に流した生地にあらかた火が通ったところで、プレートの隅まで薄く広がった生地を、それぞれの凹みの中へ丁寧に入れ込み始める。

「そうだよ。罪については、やらかした相手にごめんなさいすべきだし、恩についても、何かしてくれた相手に対してありがとう、じゃないの？」

　夏神もまた、海里の向かいで、プレートの反対側から同じ作業をしつつ、今度は自分自身の言葉で話を続けた。

「それができたらええけど、なんかの事情で難しいこともある。相手がわからん、あるいはもうこの世におらんで、どうにもならんこともある。そういうときは、腐らず諦《あきら》めず、他の誰かに、そやなかったら、世間様に、償うて、恩返ししていくんや。師匠はそう言いはった」

　海里は、手を止めず、それでも探るように夏神の顔を見て、おそるおそる問いかけた。

「それってもしかして、例の雪山遭難の話？」

「そや」

夏神は、神妙な面持ちで頷いた。

「遭難して、救助されて、他のみんなが死んだて聞かされて、気が動転したまま記者会見して……。ひとりだけ生き残ってしもたっちゅう罪悪感やら絶望やら、仲間が死ぬときに一緒にいてやれんかった後悔やら、色んな感情がグチャグチャになった。それで、自分でもわけがわからんうちに、俺は、自分が仲間を見捨ててひとりで逃げたて言うてしもた。その話は、前にしたやろ？」

「う、うん」

何度聞かされても、どういう態度で耳を傾ければいいのか、海里にはよくわからない。結局、落ち着かない様子で、当たり障りのない相づちを打つことになってしまう。

夏神は、そういう他人のリアクションに慣れっこなのだろう。特に気にする様子もなく、懐かしそうな視線を虚空に向けて言った。

「師匠は、言わはった。どないな事情であっても、あれは言うたらアカン嘘やったて」

「でも、夏神さんだって、不可抗力っていうか、何ていうか」

「それでもや。そないなつもりで言うたわけでは誓ってなかったけど、結果的に、自分を裏切り者にしたことで、俺の罪悪感はむしろ少しだけ薄められたんかもしれん。そやけどその一方で、仲間の……特に彼女のご遺族を失望させ、傷つけ、間違った怒りや恨みを抱かせてしもた」

喋りながら、夏神の手は、柔らかなたこ焼きを優しく引っ繰り返していく。こんがり焼き色がついたたこ焼きは、表面にところどころ、葱《ねぎ》の緑色と紅ショウガの赤が見えて、梅雨時なのにクリスマスカラーのようだ。

「……今日はええ天気やったから、湿気もほどほどで夜は涼しいと思うたけど、さすがにホットプレートを使いよったら暑うなってきたな。ロイド、エアコンつけてくれや」

「かしこまりました！」

自分で自分に小休止を与えるような夏神の頼みに応《こた》え、ロイドはすぐ立ち上がってリモコンを取りに行く。

ピッという軽快な電子音を聞きながら、海里は自分もたこ焼きを返しつつ、夏神の言葉を頭の中で嚙《か》み砕いた。

「そっか。ホントは夏神さん、みんなで助かるために、自分の身を危険に晒《さら》して行動したのに、そう言わなかったから……」

「たとえそのつもりでも、結果を出されへんかったら意味がない。仲間を助けようとしたなんてアピールするんは、おこがましい」

「そんなこと！」

「他人様《ひとさま》がどう評価しようと、俺はそう感じとった。結局、みんなを見殺しにしたも同然やっちゅう気持ちが、ああ言わせたんやと思う。そやけど、師匠が言うとおり、どんな事情があっても、あの嘘は言うたらあかんかった。結果として、大切な人が大事に思うとったご両親のお心を歪《ゆが》めて、要らん闇を押しつけて、長年、苦しめることになってしもた。それこそが、俺の大きな罪や」

「……確かに、そうかも、だけど」

海里は、遠慮がちに、それでも同意の言葉を口にする。夏神も、頷いてこう続けた。

「けど、どんだけ後悔したところで、テレビで言うてしもた言葉は引っ込められへん。頼み込んだところで、発言を取り消す機会なんぞ、与えられんからな。仲間のご遺族さんも、俺を憎んどって、連絡を取ろうとしても拒否されまくった。そのことで、自分の無力さにずっと落ちこんどった俺に、師匠が言うた言葉が、さっきのアレや」

「罪も恩も、天下の回り物……でございますね？」

元の場所に戻ったロイドは、きちんと正座して、夏神に声を掛けた。

ぶーんと唸《うな》るような音を立ててから、壁に取り付けられたエアコンが作動し始める。

海里は頬に心地よい風を感じながら、夏神の答えを待った。

「直接話して誤解を解くことができへんから言うて、諦める必要はあれへん。師匠はそう言うてくれはった。せっかく助けてもろた命を使《つこ》うて、世間様に少しでも役に立つ人間にならんかい。そうして誠実に一生懸命生きとったら、いつかは回り回って、伝えたい人んとこにもお前の人となりは伝わる。償いも恩返しも、順繰り順繰り送っていったら、いつか目当ての場所に辿《たど》り着く。たとえ辿り着かんかっても、無駄にはならん」

夏神が話し終えても、海里とロイドは、しばらく無言のままだった。

ただ、夏神と海里がたこ焼きを返すときに立てる小さな音と、たこ焼きが焼け、油が小さく爆《は》ぜる音だけが、茶の間に響く。

やがて、海里は手を止め、深い溜《た》め息をついた。

「師匠の言葉は深いなあ。そっか、罪も恩も天下の回り物、か。確かに昼間も、兄ちゃんが昔、俺の首を絞めたのは、俺のせいだって言ったら、兄ちゃんは自分のせいだって。水掛け論っていうか、押し問答っていうか、全然意味ない感じの言い合いになっちゃったんだった。仁木さんが止めてくれたけど」

「確かに、責任の所在を今さら論じたところで、意味はありますまい。海里様は当時あまりに幼く、兄君はあまりに負うもの、抱えるものが多かったのですから」

ロイドは慰めるようにそう言った。

海里は頷き、磨《す》りガラスの窓のほうを見た。

「たぶんな。けど、兄貴はそうは思わない。自分を責めずにおれんときが、人間にはあるんや」

「その気持ちは、ようわかる。自分を責めずにはおれんときが、人間にはあるんや」

経験者だけに、夏神の発言には不思議なほどの重みがある。

再び沈黙した海里に、夏神はやはり穏やかに言った。

「ほんで、そういう気持ちのありようを変えることは、他人にはできん。時間と本人にしかできんのや。そんな中、お前まで自分を責めたら、話がややこしゅうなるだけやろが」

海里は、思わずポンと手を打った。

「それは、めちゃくちゃド正論だな！　じゃあ、大師匠の言葉に従うなら、俺の兄貴に対する罪の意識と感謝の気持ちは……」

「お兄さん夫婦が無事に子供を迎えはったら、その子のために。もし、そうならんかったら……そんときにまた考えたらええ。いつか、回り回って、お兄さんの胸に、お前の真心が届くような生き方をしたらええ」

　夏神の、半分は自分自身に改めて言い聞かせるような言葉が、海里の胸にも温かく染み渡っていく。

　すべてがそんな風に割りきれるわけではなかろう。それは、夏神もよく理解しているに違いない。

　それでも、船倉の「罪も恩も天下の回りもん」という言葉は、今の海里の焦る気持ちをほどよくクールダウンさせてくれた。

「ああ、やっぱ夏神さんに話してよかった。なんか、気持ちがすとんと落ち着いた」

「それはまあ、気のせい半分やろけど、まったく落ち着かんよりはよかったか」

「うん、よかった。ありがと。ロイドもありがとな」

「いえ、わたしはさめざめと泣いていただけでございますよ」

「それがいいんだよ、お前は。俺の代わりに、っていうより、俺より先にいつも泣くから、俺が逆に引いちゃって落ち着く」

「それは、よきことなのでございますか？」

「まあまあいいんじゃね？　とにかく、俺、さっきよりずっと落ち着いた。うん、兄貴が、昔俺の首を絞めたことは、奈津さんに打ち明けるのが先決、かつ最重要なんだもんな。俺は心配しながら見守ることにする。二人がそれについて何か話してくれたら、真剣に聞いて、俺のできることがあったらする」

「それがようございます」

ロイドは、にこやかに相づちを打つ。

「もし、俺にできることがすぐに見つからなかったら、俺は、いつもどおりに、俺のすべきことをする。そんで……できることが見つかったそのときに力を出せるように準備する。それでいいよな？」

海里に問われて、夏神はニッと笑った。

「おう。それでええ。そんで、お前が動けるようになったときサポートできるように、俺とロイドは準備をしとく。……それができるっちゅう意味でも、俺らに話してくれてありがとうな、イガ」

「こっちこそ、聞いてくれて本当にありがと。誰にも言いふらさない相手が目の前に二人もいるなんて、俺は相当ラッキーだよ。芸能界にいた頃は、李英しかいなかったもん」

恥ずかしそうに感謝の言葉を口にした海里は、ホットプレートに視線を戻し、「あ」と声を上げた。

「もう、いい感じだよ。これ以上焼くと、表面が硬くなりすぎるんじゃね？」

「お、ホンマや。保温にせんと。……ほな、第一陣、食べよか。まずは乾杯からやな」

そう言って、夏神は缶ビールに手を伸ばし、タブを無造作に押し込んだ。プシュッと、心地よい音がする。

海里は缶チューハイ、ようやく卓袱台《ちゃぶだい》に近づき、海里と夏神の間に座したロイドは、最近お気に入りの桃味のサイダーのペットボトルを慎重な手つきで開ける。

「ほな、今週もお疲れさんでした！」

「お疲れさまでございました！」

「お疲れさまでした」

三人は口々に仲間を労《ねぎら》いながら、それぞれの飲み物の容器を軽く合わせ、グッと一口飲んだ。

くーっ、だの、はー、だのと満足の声を漏らしてから、夏神と海里はピックを再び取り上げる。

夏神は自分の皿にたこ焼きをほいほいと取っていったが、海里はまず、ちょこんと行儀良く待っているロイドに訊《たず》ねた。

「お前、自分で取るのは危ないから、俺が取る。どれにする？　全部ひととおりいっとくか？」

ロイドは嬉《うれ》しそうに即答した。

「そうでございますね！　ただ、明太子《めんたいこ》とお餅《もち》の組み合わせは、三つほどいただきとうございます」

「一番人気の奴じゃねえか！　強欲！」

「熱々のうちに食すことが、この眼鏡にはできかねますので。ほどよく冷めるのを待つうちに、夏神様と海里様に食べ尽くされてしまう懸念がございます。強欲ではなく、用心でございますよ」

いつもは主《あるじ》を優先するロイドも、食い意地を制御することは難しい……というか、しようとも思っていない気配がある。

海里も、「それもそうだなあ」と同意し、「それならもっと好きな奴をいっぺんに取っとけよ」と、全種類を二個ずつ、明太子と餅のたこ焼きについては四つ、ロイドの皿に取り分けた。

おかげで、ロイドの取り皿には、たこ焼きが小さなピラミッド状に積み上がる。

「おお、これはよき眺めです。たこ焼きマウンテンというのは、心を豊かにしてくれるものなのですね」

さっそくたこ焼きの山の頂上から、たっぷりのソースを回しかけ、粉末状のカツオ節と青のりを惜しみなく振りかけて、ロイドは心底嬉しそうな笑顔になった。

色々な角度から「たこ焼きマウンテン」を眺めるロイドに、夏神は可笑《おか》しさと申し訳なさが入り交じった顔つきで声を掛けた。

「喜んどるとこ申し訳ないけど、次を焼き始めるから、また退避しとってくれ」

「はっ、勿論《もちろん》でございます。安全地帯で、ゆっくりとたこ焼きが冷めるのを待つことに致します」

そう言って、ロイドはさっきの場所まで、皿を持って逃げていく。

いつもは海里が自室で使う、折りたたみの小さなテーブルが、ロイド専用の食卓である。

「次の生地流すの、ちょっと待ってよ。俺も自分の分、取るから」

「わかっとるわ。残っとる奴、全部お前のでええよ」

「やったね！」

まるでベビーカステラを焼き型から取り出すときの職人のようなこなれた手さばきで、海里は十個ほど残ったたこ焼きを、全部自分の皿に移す。

夏神が、はふはふとたこ焼きを頬張りながら、ホットプレートに再び油を引き始めるのを見学しつつ、海里は自分も熱々を承知の上で、たこ焼きをひとつ、勢いよく口に放り込んだ。

慌てて取ったので、中身が何かがわからなくなっていたが、どうやら「牛肉とチーズ」だったらしい。

ただでさえ熱いたこ焼きから、とろとろにとろけたチーズが溢《あふ》れ出し、海里は口を閉じていることができなくなった。

「あじ、あふっ、ふわい」

夏神に「旨《うま》い」と感想を伝えたいのだが、とにかく粘度の高いチーズが頬の粘膜にくっついて熱くてたまらないので、必要以上に口を大きく動かし、機関車のように蒸気を吐きながらの発言になる。

「男前が台無しやぞ」

夏神は笑いながら、ロイドに警告する。

「まだまだ熱いで。我慢はつらいやろけど、慎重に冷ましや」

ロイドも、膝《ひざ》を抱えて切なげな顔をしつつも、神妙に頷《うなず》いた。

「かしこまりました。少し、扇《あお》ぐと致しましょう」

そう言って、窓枠に立ててあった団扇《うちわ》を持ってきたロイドは、ぱたぱたとたこ焼きを扇ぎ始める。

「それ、いいアイデアかも。うう、旨かったけど、口の中、まるっと火傷《やけど》した。明日《あした》、全面的にべろーんと剝《む》けてきそう」

夏神は、呆《あき》れ顔で海里のチューハイの缶を指さした。

「はよ、飲んで冷まし。口ん中べロベロになっても死にはせんけど、お前、明日、朗読の稽古《けいこ》するて言うてへんかったか？　口ん中火傷したら、やりにくいやろ」

「そのとおりでーす。こういうときに使う言葉だよね、後悔先に立たず、って」

「ホンマやな。……お、これはほうれん草とイカか。けっこういけるな」

夏神は注意深く、それでもやはり口の中で忙しくたこ焼きを転がしながら、新たな具の感想を述べる。

「どっちも冷凍庫の片隅からレスキューしたと思うと、たこ焼き、懐が深いね」

「ホンマにな。冷蔵庫も冷凍庫も綺麗《きれい》になって、助かるわ」

夏神がしみじみとそう言ったとき、海里のスマートフォンが電話の着信を告げた。

畳の上に置いたスマートフォンの液晶画面に視線を落とした海里は、ちょっとギョッとした顔をして立ち上がった。

「どないした?」

「奈津さんから電話だ。ちょっと話してくる。気にせず食べてて」

そう言いおいて、海里は茶の間を出た。

自室へ行こうかと一歩進んで考え直し、階段を下りて店を通り抜け、勝手口から外に出る。

古い家は壁が薄く、話し声は隣室どころか、階下まで届いてしまうほどだ。

海里にとっては、夏神とロイドは隠し事をするような間柄ではないが、奈津のほうは、違うかもしれない。

(やっぱ、そこは気を遣わないとな)

「ちょっと待って」

通話を開始し、一声かけてから、海里は道路を渡り、道路と河川敷の間に立てられた柵《さく》に腰を下ろした。

道ゆく人も、日が落ちるとそう多くない界隈《かいわい》なので、電話での会話にさほど注意することはなかろうと海里は考えたのである。

「ごめん、お待たせ。大丈夫だよ」

それでも控えめな声で海里がそう言うと、スピーカーからは、いつもより少しだけ元気のない奈津の声が聞こえた。

『こんばんは。今、大丈夫？』

「あー、うん。しばらくなら。たこ焼き焼いて食ってたとこ」

『あ、ごめんなさい！　もうお夕飯済んだかと思ったんだけど、掛け直しましょうか』

「いや、いいよ。飲みながらダラダラ食うときは、遅いんだ。夏神さんがこれから第二段を焼くとこだから、焼き上がるまでは待つだけだもん。どうしたの？」

自分のたこ焼きにまだ手をつけたばかりであることは伏せて、海里は奈津を安心させるためにそう言った。

するると奈津は、安堵《あんど》を声に滲《にじ》ませながらも、こう言った。

『どうしたかは、わかってるでしょ？　さっき、一憲さんから聞いたわ。大昔の殺人未遂事件の話』

冗談めかしてはいるが、奈津の顔は笑っていない。海里は声音からそう感じた。

「ああ、うん。大丈夫？　兄貴は大丈夫じゃないと思うけど、奈津さんは？」

すると奈津は、少し怒った口調で答えた。

『最近、浮かない顔をしてると思ったのよね、あの人。悪い癖よ。悪いほうへ悪いほうへ予想を膨らませて、ひとりでウジウジグダグダして、そして海里君と仁木さんに甘える！　二人のこと、本当に信頼しているのね』

海里は慌てて否定しようとした。

「いやいや！　俺たちはまあ、話しやすいだけだよ、きっと。奈津さんのことが大事だからこそ、打ち明けるのが怖かったんだって」

『それはわかってる。でも、隠し事ができないくせに、あれこれ思い悩んだって仕方がないのよ。とっとと打ち明けて、少しでも楽になればよかったのに』

「……楽に、なったの？　奈津さん的にはオーケー？」

海里の問いかけに『オーケーなわけないでしょ』と、奈津はピシャリと言い返してくる。

「え、もしかして、兄貴に親になる資格はないと判断したってこと？」

思わず海里は青ざめた。鉄製の柵に置いた手が、思わずピクリと動いてしまう。

だが、奈津の言葉は明快だった。

『何言ってるの。十代の頃のことよ。しかも、あの人が置かれた状況が、ハードモードすぎる。そりゃ、そんなことがあっても不思議じゃないわ。勿論、最悪の事態にならなかったからこそ、言えることではあるけど』

「だ……だよね」

『一憲さんは、自分が思ってるよりずっと、愛情深い、責任感の強い人よ。だからこそ、思い詰めてそんなことになったんでしょう。私は過去のあの人を責めないし、団体の担当者さんにもちゃんと打ち明けるつもりでいて……とてもいい人だからそんなことはないと思うけど、万が一、あの人のことを非難したら、私がぶっ飛ばす。そのくらいの気概です！』

最後だけ、気合いがはみ出したのか妙な丁寧語で言い終えて、奈津はいったん沈黙した。

海里は、ひとまず胸を撫《な》で下ろす。

「奈津さんが、思ってたより兄貴のこと大好きでよかった」

『何言ってんのよ。当たり前でしょ？』

そこは少しもてらいなく認めて、しかし奈津は、声のトーンを落としてこう言った。

『一憲さんは話し終えて書斎へ行っちゃったから、私もコンビニに行くって言って、今、外なんだけど……』

「治安がいいとことはいえ、もう十時になるよ。大丈夫？」

『家の近くの明るいところだから。すぐ切り上げて戻るわ。……私がオーケーじゃないと思ってるのは、一憲さんの心。小さな海里君の首を絞めた記憶が、大きな傷口として血を噴き出しているままじゃ、父親になるのはそりゃ怖すぎるわ』

「仁木さんも、似たようなこと言ってた」

『あら、ほんと？』

海里は、昼間の涼彦の言葉を思い出して、奈津に伝える。

「本当の意味でお前を許すことができるのは、お前自身だけだって」

スピーカーの向こうで、奈津の小さな笑い声が聞こえた。

「なんで笑ってんの？　特に面白い話はしてないけど」

『ごめん。でも、さすが、五十嵐一憲を世界一わかってるふたりだなって、私たち』

「確かに！　じゃあ、奈津さんも……」

『ただ、私はあの人のパートナーだから。運命共同体だから。私が、一憲さんの傷口を縫合することはできないけど、止血剤を振りかけてあげるくらいのことはできるかなと思い上がりたいんだけど、どう思う？』

獣医師ならではのたとえに、海里はちょっと想像して整った顔を歪《ゆが》めつつも同意した。

「奈津さんはパワフルだから、縫合だってできそうな気がするけど、そこは兄貴が自分でやらなきゃいけないことなんだろな」

『そうだと思う。縫合まででいいから。盛大に開かないようにさえできれば、治癒はしなくていいから』

「えっ、そんなニュアンス？　傷口なら、治して、楽になったほうがよくない？」

『それはどうかしら』

奈津は、少し躊躇《ためら》ってから、話を再開した。

『今日の昼間、私、家にいなくて海里君に会えなかったでしょ。カルチャースクールで、ペットを亡くした人のグリーフケアについて少しだけ勉強してきたのよ』

耳慣れない言葉に、海里は受話器を耳に当てたまま、首を捻《ひね》る。

「ぶりーふ……けあ？　下着方面の話？」

『ブリーフじゃないわよ、グリーフ。大切な人やペットを亡くしたことによる悲しみとか喪失感とか、そういう心の傷のケアのこと』

突然、兄のこととはまったく無関係そうな話を始めた奈津を訝《いぶか》しく思いながらも、海里は興味をそそられ、先を促した。

「へえ。そっか、奈津さんは獣医さんだから」

『ええ。職業上、必要だと思って学びに行ったんだけど、そこで、講師の先生に言われたの。心の傷のケアをするのは、つらさや悲しさを忘れさせるためじゃないって』

「えっ？　じゃあ、何のため？」

『心の傷を飼い主さんが受け入れて、それも大切なペットが遺《のこ》していったものとして慈しむことができるよう、傷を抱えたまま、共に生きることができるよう、支え、少し手伝い、見守るため……。そう言われて、ハッとした。癒《いや》すって、傷をなかったことにすることとイコールじゃないんだなって』

「癒すことは、傷をなかったことにするんじゃない……か」

海里もまた、奈津が学んだばかりの考え方に衝撃を受けていた。

思い出したのは、後輩であり、弟分であり、盟友でもある里中李英のことだ。

二度までも病に倒れ、長い療養とリハビリ漬けの生活を強いられている現実に、「苦しくて、悔しくて、悲しくて、とても腹が立ちます。弱い自分の身体にも、こんな意地悪なことをする神様にも」と、李英はかつて、海里に訴えた。

舞台役者として大きく飛躍しつつあったまさにその大切な時期に、病魔に足止めを喰《く》らったのだ。しかも、心臓に後遺症が残り、これからの俳優としての人生には、常に不安がつきまとう。

李英の胸に渦巻く感情は、海里の想像を遥《はる》かに超えたものだっただろう。

兄貴分を自認しておきながら、海里には、李英のそんな「グリーフ」を癒し、消してやることはできなかった。

(でも、ササクラさんは違った。いつもの飄々《ひょうひょう》とした調子で、ササクラさんは俺を介して、李英に伝えてくれたんだ。これはチャンスだって)

「お前、ラッキーだな！ 今の経験、今の気持ち、しっかり頭に刻みつけとけ。身体で記憶しろ。そうすりゃ、心臓の悪い奴だけじゃねえ、病人の芝居をさせりゃ、お前の右に出る役者はいなくなるぞ」

海里と李英が共に尊敬する先輩役者であり、李英の所属事務所の経営陣のひとりであるササクラサケルは、そんな軽口めいた言葉で、李英の背負った重荷に、意味を与えてくれた。

苦しみも不安も怒りも、抱えた負の感情はすべて、これからの役者としての李英の糧になる。健康だったときには知る由もなかった、患者のリアリティを我が物にし、後遺症というハンディキャップですらも、武器に変えることができるかもしれない。

すべては、李英の気持ち次第、努力次第だと、ササクラサケルは伝えてくれたのである。

「なんか、他のことで、似たようなことを俺も学んだ気がする。俺、馬鹿だから、兄貴のことと結びつけるなんて、思いつけなかったけど」

『何言ってんの、私こそ、ただの受け売りよ。昼間に学んだことを、夜にぶちかますとか、かっこ悪いことこの上ない。でも、人生に無駄なことなんてないんだなって痛感したわ。今の一憲さんをサポートするために必要なのは、たぶんこの考え方だろうと思うから』

奈津の言葉に、海里も心から同意した。

「俺もそう思う。だけど、具体的にはどうするの？　俺にできることはある？」

だが、奈津の言葉のエッジは、そこで急に鈍くなった。

『心の問題は、いくらパートナーでも土足で踏み込んでいいことじゃないでしょ。プロの力を借りようと思うんだけど』

「カウンセリングってこと？」

『そう。だけど、いきなり精神科受診は、一憲さん的にハードルが高いみたいで。お義《か》母《あ》さんが長らく精神科に通院してたっていう負のイメージが強いのかしらね。だから、他のアプローチを、職場の上司に当たってみたりして、探ろうと思ってるの』

「ああ、なるほど。俺は小さすぎて覚えてないけど、母親、具合が凄《すご》く悪いときは、しばらく精神科の病棟に入院したりしてたらしいから。兄貴の心に、ネガティブな記憶があるんだろうな」

『そうみたいね。海里君には、一憲さんの話を聞いてくれただけで感謝してるわ。もしかしたら、この先、助太刀をお願いすることがあるかもだけど、よろしくね』

「任せといて！　バッチリ心の準備をしておく！　お金は、ちょっと無理かも」

『そっち方面は心配しないで。期待してるのは、兄弟パワーよ』

「お、おう。それこそ、俺がいちばん不安な奴なんですけど？」

『大丈夫、あなたたちは、自分たちで思ってるよりずっと、いい兄弟なのよ。さてと、そろそろ戻るわ。一憲さんは書斎だけど、お義母さんと愛生ちゃんはリビングにいて、私が出て行くところを見たから、あんまり遅くなると心配かけちゃう』

愛生の名前を聞いて、海里は目を瞠《みは》った。

「そっか、愛生ちゃん、今日、泊まりなんだね」

『ええ、「受験勉強合宿」だから。今日は全然勉強を見てあげられなかったから、明日《あした》はしっかり家庭教師を務めなきゃ』

「カテキョができる賢さ、尊敬するよ」

しみじみとそう言ってから、海里はふと、昼間に気づいたことを奈津に言ってみた。

「そういや、兄貴さ、愛生ちゃんのこと、『愛生さん』ってさん付けで呼ぶんだな。あれ、なんで？　癖？」

ああ、とスピーカーの向こうで、奈津がいつもの彼女らしく、屈託なく笑うのがわかった。

『あれは癖じゃなくて、一憲さんの主義。親しき仲にも礼儀あり、女の子は何歳であっても、レディとして扱うべきだって』

「へええ」

『そういえば、私のことも、婚約するまでずっと「奈津さん」って呼んでたわって、懐かしく思いだした。あの人のこだわり、時々面白いわよね。でも、愛生ちゃんについては、いいと思う』

「うん、俺も、相手がそれをわかってりゃ、いいと思う。知らないと、よそよそしく感じるかなって」

『ご心配なく。そういうことをちゃんと伝えるために、私がいるのよ。……ああ、家に着いたから、もう中に入るわね。本当に、今日はありがとう。これからもよろしくね』

最後に心をこめた感謝の言葉を口にして、奈津は通話を終えた。

海里はスマートフォンを片手に持ち、柵《さく》に腰掛けたまま、暗がりを透かすようにして、しばらく河川敷を見下ろしていた。

夏神が言うとおり、梅雨の晴れ間のおかげで、今夜はとても過ごしやすい。

気温はそこそこあるだろうが、湿度が低くなったおかげで、六甲山《ろっこうさん》から吹き下ろす夜風が心地よく、それなりの時間、外にいても、汗ばんだりはしない。

(兄ちゃんのために、俺にできること。何か見つかるかな。そういうのも、「罪も恩も天下の回り物」のうちだよな。過去の罪滅ぼしはもうできないけど、その代わり、これからの兄ちゃんのためにできることを何か見つけたい。償いとか、恩返しとか、種類はどうでもいいから)

和解して、海里をひとりの大人として認めてはいても、一憲にとって、海里はいつまでも「守るべき弟」であって、その立場が逆転することを決して望みはしないだろう。

だが海里のほうは、「守ってくれる兄」に、いつまでも甘えてばかりはいられない。

(兄ちゃんのために……。頭がよくて、スポーツもできて、ガタイがでかくて、公認会計士なんて立派な仕事をしている兄ちゃんのために、芸能人崩れの俺が、何をしてあげられるんだろうな。できること、マジであるのかな)

夏神やロイド、奈津と話して、やっと上向きになってきた気持ちに、ジワジワと夜気に紛れて不安が忍び込もうとする。

そのとき、ガラリと「ばんめし屋」の二階の窓が開き、夏神が顔を出した。

「おい、いつまで長電話しとんねん……て、もう終わっとるやないか。はよ入ってこい。第二陣、焼けたで!」

明るい光を背にしているので、夏神の表情はよく見えないが、張りのある太い声は、海里にまとわりつく不安を払いのけてくれる。

「やった、今戻る！　今度は俺が、明太子《めんたいこ》と餅《もち》、四つ食うね！」

海里も元気よく返事をして、柵から飛び降りるようなアクションで立ち上がったのだった。

＊　　＊

翌日、昼前までたっぷり眠った海里が起き出してくると、夏神の姿は既に茶の間にはなかった。

卓袱台《ちゃぶだい》の上には、ペラリとメモ用紙が一枚、置かれている。

拾い上げてみると、そこには夏神の無骨な字で、「いつものジムに行く。そのまま仲間と、外で晩飯食うてくる」と書き殴られていた。

どうやら今日は、夏神のほぼ唯一の趣味であるボルダリング三昧《ざんまい》で過ごす予定らしい。

日頃から、定食屋でハードな肉体労働をしているのに、毎朝ランニングを欠かさず、さらに休日に身体を酷使する。

そんな夏神の娯楽は、海里には理解し難いが、楽しみは人それぞれということなのだろう。

(まあ、俺も店でさんざん喋《しゃべ》ってるくせに、休みの日に、朗読でさらに喋りに行こうとしてるんだもんな。ある意味、似たり寄ったりか)

そんなことを考えながら、海里は身支度を整え、眼鏡の状態のロイドを丈夫なケースに丁寧に収めてリュックに詰め、店を出た。

夏神は、ボルダリングジムには徒歩で行くので、店の裏手に停めてある夏神のスクーターを借りることにする。

向かったのは、山手の芦屋神社すぐ裏手にある、有名作家、淡海五朗邸である。

海里が夏神に出会う前から「ばんめし屋」の常連だった淡海は、現在、役者の端くれに再び復帰しようとしている海里の、いちばんの理解者であり、応援者でもある。

一度は、作家として、人間の心を知りたいという欲望に取り憑《つ》かれ、海里を自分の作品に利用しようとしたことがあった淡海だが、今はそのことを深く悔やみ、李英と海里のため、自宅の一部を改装して、稽古場《けいこば》まで提供してくれた。

李英がリタイヤを余儀なくされているので、今、その稽古場は、海里ひとりのための贅沢《ぜいたく》な空間だ。

家の外から階段を上り、与えられた鍵《かぎ》で稽古場に入ると、まだ真新しい木材の匂いが、ふっと海里の鼻を掠《かす》めた。

いつもはそうでもないので、おそらく湿気が籠《こ》もっているのだろう。

「ドライでエアコンかけたほうがいいな。カビとか生えると困る」

海里の言葉に反応して、たちまち、ロイドがいつもの英国紳士の姿で現れる。

「そちらはわたしにお任せを。海里様は、準備運動からどうぞ」

「サンキュ。時間は有効に使わなきゃな」

「そうでございます。本日は、私の練習の成果をお見せしたいと思っておりますし！」

「お？」

海里は、稽古着であるジャージに着替えながら、ロイドの発言に目をパチパチさせた。

「練習の成果？　お前、なんか練習してたの？」

するとロイドは、自宅でしていたように、エアコンの調節を慣れた手つきでやりながら、得意げに返事をした。

「ええ、やっておりましたとも。紙に絵を描きまして、海里様がおやすみになっているとき、こつこつと秘密裡《ひみつり》に」

「……何それ。なんか怖いな」

「ふふ、驚嘆なさるのは、これからですよ」

そう言うと、ロイドは稽古場の片隅に置かれたキーボードに近づいた。

先日、淡海が、地下室にあったから、と運び込んでくれたものだ。型は古いが、音を出すだけなら何の問題もない。

「え、まさか、お前」

「ふふ、そのまさかでございます」

ロイドはキーボードの前に立ち、電源を入れると、両手を躊躇《ためら》いなく鍵盤《けんばん》の上に置いた。

じゃん、じゃん、じゃーん。

たちまち部屋に響き渡ったのは、海里にとっては耳慣れた音。

そう、それは、発声練習のときに用いる、お決まりの和音のセットだったのである。

朗読の師である倉持悠子のレッスン室では、悠子みずからが弾いてくれていたそれを、ここではしばらく、スマートフォンで動画を流して対応していた。

キーボードが来てからは、海里がみずから弾いていたのだが、それをロイドは耳で覚え、弾けるように密《ひそ》かに練習していたらしい。

「お前……わざわざ、俺のために？」

「このくらいのお手伝いができなくて、どうして僕《しもべ》が務まりましょう。さ、海里様、お早くスタンバイを！」

「あ、はい。ただいま」

驚きと感動のあまり、思わず丁寧な返事をしながら、海里はジャージのズボンを引っ張り上げ、Tシャツの裾《すそ》を伸ばした。軽くストレッチをしてから、キーボードの前に立つ。

「じゃ、よろしくお願いします！」

「こちらこそ、お願い致します」

稽古を始めるときには、たとえ眼鏡相手であってもきっちりした挨拶《あいさつ》をする。

そんな主《あるじ》の姿に微笑んだのも一瞬、ロイドはすぐに緊張の面持ちになって、さっきの和音を再び奏でるべく、必要以上に力強く鍵盤を叩《たた》き始めた……。

『……今日も塾で、叱られて、笑われた。いつものことだ。僕が頓珍漢《とんちんかん》な答えを言うたび、ウケを狙っていると思い込んでいる先生は、たちまち険しい顔になる。僕の答えがあまりにも馬鹿馬鹿しいので、他の生徒たちはどっと笑う。先生はますます僕に腹を立てる。授業の邪魔をするなら帰れ、と怒鳴られる。でも、違うのだ。僕はいつだって真剣で、だからこそ、必死で出した答えがそんなに愚かなものだということが、とても悲しい……』

次の朗読イベントで読むことになったのは、淡海五朗の書き下ろし短編の中でも、彼自身の小学生時代の経験を綴《つづ》った、異色の作品である。

小説というよりは、半ばエッセイの形を取ったその作品は、学校でできの悪い生徒だった海里にとっても感情移入がしやすく、ある意味、読みやすい。

しかし、稽古のときは立って朗読する海里の前に椅子を据えて腰掛け、海里と同じくらい真剣な面持ちで耳を傾けていたロイドは、少し浮かない顔をしている。

それに気づいて、海里はペットボトルの水で喉《のど》を潤してから、ロイドに訊《たず》ねた。

「なんか、気がついたことがあったら言ってくれよ」

「里中様と違い、このロイドは素人でありますれば……」

「お客さんはみんな、素人だから。むしろロイドが、お客さんの立場で感想を言ってくれたら助かる」

それを聞いて、ロイドは安堵《あんど》した様子で、では、と背筋を伸ばし、海里の顔を真っ直ぐ見上げて口を開いた。

「少々、悲しみが漲《みなぎ》り過ぎているかと」

「……お？　気持ちが入り過ぎてるってこと？」

「そういうことになりましょうか。海里様の朗読が真に迫っているせいで、聞いておりますと、とても悲しく、切なくなるのです。それがよいことなのか、そうでないのか、わたしには判断がつきませんが……」

「が？」

「朗読を楽しむためにお越しになったお客様を、胸苦しくさせ過ぎるのは……どうなのでしょうね」

「あー！」

ロイドの言わんとすることを理解するなり、海里は大きな声を上げた。

「それ、俺の悪い癖だわ。やっぱり、倉持先生が注意してくれないと、出ちゃうんだな」

「と仰《おっしゃ》いますと？」

「デビュー作のせいにするつもりはないけど、やっぱ、マンガ原作のミュージカルが初舞台だっただろ？　役者の稽古もそれが初めてで、そのまま何年も続いて」

「はい」

「やっぱり、マンガのキャラクターと一体になろうとすると、普通よりエモーショナルな芝居が必要になるんだ。大袈裟《おおげさ》っていうのとは違うけど、感情の振れ幅を大きめに表すっていうか、そういう感じ。舞台で見ると、テレビみたいに表情が手に取るようにわかるってわけじゃないからさ。身振り手振りも大きくするし、表情も遠目でもわかるくらい変化をつける。台詞《せりふ》の抑揚もそう。だから今も、ついやり過ぎる」

「なるほど！　それで合点がいきました。肩に力が入っているというか、そのような雰囲気がございましたよ。これでもかというほど、主人公の感情を聞き手に突きつけてくると申しますか」

やはり百年以上を生き抜いてきた眼鏡、素人と謙遜《けんそん》していても、ロイドの指摘は的確である。

「独りよがりの芝居ってことだよな。いつも倉持先生に怒られてること、すぐ忘れちゃうんだ」

ガックリ肩を落とす主を、ロイドは優しく慰めた。

「お忘れになっても、そのたび思い出すことができれば、それでよいではありませんか。さ、もう一度おやりになりますか？」

「いや、そろそろ昼休憩にしよう。飯食って、気分を変えて、ちょっと違うアプローチでやってみる」

そう言って、海里は空いた椅子にどっかと腰を下ろした。

朗読など、ただ動かずに文章を音読しているだけ……と言われることがたまにあるが、それはとんだ誤解だ。

声量をあまり変化させると、聞き手の耳に不快なストレスを与えてしまう。その代わりに、声の「圧」を変えて表現することを、海里は悠子から学んだ。

理屈でそのやり方を教えることは、悠子にとっても簡単ではないようで、二人でひたすら実演を重ね、最近では、少しずつできるようになってきた実感がある海里である。

そのために必要なのは体幹の強靱《きょうじん》さと腹筋のしなやかさで、朗読における「身体を作る」ことの重要性を、海里は日々痛感している。

身体を作り、技術を身につけ、そして作品を理解し、解釈し、自分の中で世界を膨らませるため、心を育てる。

まさに朗読は、全身を駆使するスポーツのひとつと力説したいくらいだ。

一時間あまりしっかり声を出したあとは、適度に腹に食べ物を入れ、リフレッシュして、午後の稽古に臨む。

それが、海里の最近の自主練習のルーティンになっている。

「では、お昼の支度を致しましょう」

いそいそとロイドが世話を焼こうとしたそのとき、ノックの音がして、家の中と通じているほうの扉が開いた。

「やあ、お疲れさま。今日も頑張ってるね」

そんな軽やかな言葉と共に姿を現したのは、この家の主である淡海五朗だった。

「おや、今日はロイドさんが一緒なんだね。こんにちは」

「お邪魔してます！」

「これは、淡海先生。お元気そうで何よりでございます。本日は、海里様のお稽古のお供として参りました」

口々に挨拶する二人に近づいてきた淡海は、ロイドが長机の上に並べかけていた密封容器を見て、「お」と声を上げた。

「今からお昼かい？　僕も何か下から探してきて、ご一緒しようかな。ようやく執筆が一段落して、何か口に入れたい気分なんだ」

それを聞いて、海里はすぐに言った。

「これ、俺が出がけに、ロイドとぱぱっと作ったスーパー残り物サンドイッチなんですけど、よかったらご一緒にどうですか？」

どうやらそれを期待していた面もあるらしい。淡海は、血色の悪い顔の中で、充血した目だけを輝かせた。

「本当かい？　残り物サンドイッチとは、また貴重なものを」

「貴重って、残り物ですよ？」

「だからじゃないか。店で出されることのない食べ物を味わえるなんて、役得もいいところだよ。ありがたくご馳走《ちそう》になろう」

「魔法瓶で、アイスティーも持参致しました。ささ、どうぞ、座ってください」

「ありがたい。厚かましいけれど、嬉《うれ》しいよ」

本当に嬉しそうにそう言う淡海の前に、海里は持参した皿とコップを置いた。いずれも、アウトドア用の軽くて丈夫な樹脂製のものだ。

「なんだか、おうちピクニックみたいだね」

「そんないいもんじゃないですけど。どうぞ、食べてみてください。お手拭《てふ》きもどうぞ」

ちょっと恥じらった笑みを浮かべ、海里は分厚いサンドイッチを一切れ、淡海の皿に載せてやる。

自分が食べないと、海里とロイドも食事に口をつけないことを知っている淡海は、遠慮せず、両手でサンドイッチを持ち上げ、存外大きな口でかぶりついた。

もぐもぐと咀嚼《そしゃく》するうち、淡海の顔に、むしろ困惑の色が広がっていく。

「む……？　これは、何のサンドイッチだろう。ポテトサラダとキャベツの千切りはわかるけど、魚……と、何だろう、この柔らかなものは。不思議な食感だね」

「ふふふ」

海里は含み笑いで、まず一つ目の種明かしをした。

「魚は、鯖《さば》です。金曜の日替わりが焼き塩鯖で、それが一切れだけ残ってたんで、むしって挟みました」

説明を聞きながら、淡海はもう一口サンドイッチをかじり、「ああ！」と納得の声を上げた。

「なるほど、言われればわかる。鯖だ！　鯖サンドは、確かトルコにもあるんだったよね。なるほど。軽くレモンを絞ってあって、さっぱりしている。でもこの、ちょっとふわっとねちっとした感じのもう一つのフィリングは、いったい……」

海里とロイドは悪戯っぽく目配せしあって、してやったりの笑みを浮かべる。

海里に、どうぞ、という手つきをされて、ロイドは誇らしげに打ち明けた。

「これがなんとなんと、まさかのたこ焼きなのでございます」

「たこ焼き？　サンドイッチに、たこ焼きを？」

さすがに、それは予想を遥《はる》かに超える答えだったのだろう。目を剥《む》く淡海に、ロイドはますます誇らしく説明する。

「昨夜、我々は、たこパを開催致しましたので。まさにその、スーパー残り物でございます」

「……実にスーパーだけど、なるほど……ね？」

改めてしげしげとサンドイッチの中身を覗《のぞ》き込むようにした淡海は、まだ疑わしげに、ただでさえ細い目を糸のようにして言った。

「でも、どうもたこは見当たらないようだけど？」

今度は、海里が肩を竦《すく》めて説明する。

「たこ入りのたこ焼きは、全部食っちゃったんで。残ってたのは、ブロッコリー&チーズと、ハム&コーン&パイナップルと、ベーコン&バナナ&ピーナッツバターと、あとは……」

「パイナップル！　それだ！　さっき僕が嚙《か》み当てた謎の甘酸っぱいものは、パイナップルだったんだね」

珍しく大きな声を出した淡海は、腕組みして唸《うな》った。

「なるほど、テレビで、格付け的な番組を見るたび、目隠しをされた程度で、食べ物飲み物の味がこんなにわからなくなるものだろうかと不思議に思っていたものだが、わからなくなるね、実際！　こんな闇鍋《やみなべ》みたいなサンドイッチは生まれて初めてだ！　実に楽しい！」

「そ、そんなに？　もしかして、ちょっと怒ってます？」

「いや、心底、楽しいよ！　こんなにわからないものなんだな。そして、不思議だけれど、確かに面白くて美味《おい》しい。最高だね、スーパー残り物サンドイッチ！」

あまりにも激しく淡海が歓喜するので、海里はむしろ引き気味に、おずおずともう一つの密封容器の蓋《ふた》を開けた。

「一応、俺、普通のサンドイッチも作ってきたんですけど……じゃあ、そっちはいいかな」

「いや、勿論《もちろん》そちらもいただこう。そっちも闇鍋かい？」

勢い込む淡海に、海里は安堵《あんど》半分、呆《あき》れ半分で笑い出してしまう。

「普通って言ったじゃないですか！　こっちはありあわせ普通サンド、豚肩ロース切り落とし焼肉と、残ってた半端きのこ全部ソテーと、胡麻《ごま》だれのサンドイッチです」

「とても魅力的だ！」

いつもはこの上なく上品に食事をする淡海が、今日は二切れ目のサンドイッチも、貪《むさぼ》るように平らげていく。海里は、今度は純粋な呆れ顔で訊《たず》ねた。

「先生、もしかして滅茶苦茶《めちゃくちゃ》腹ペコですね？」

「実はそうなんだ。つい執筆に夢中になってしまって、ほぼまる二日、チョコレートしか食べていない」

「もう……！　妹さんと身体を共有しなくなったら、途端にそういう不摂生をする！」

海里は思わず、年長者の淡海に対して、そんな小言を口にした。

若くして事故死した、淡海の血の繋《つな》がらない妹、純佳《すみか》は、兄を案じるあまり、死後も魂の姿で、淡海に寄り添い続けていた。

海里たちのサポートでそれに気づいた淡海は、しばらくの間、自分の体内に純佳の魂を迎え入れ、奇妙な兄妹《きょうだい》共同生活を送っていたのである。

世話焼きの純佳のおかげで、当時はそこそこ健全な食生活を送っていた淡海だが、純佳が淡海の本当の意味での自立を願い、自分の存在を消滅させて以来、また不摂生な生活に戻ってしまったようだ。

「あはは、面目ない。テレビにあまり出なくなったから、余計に自分自身に構わなくなってしまってね。純佳にも、空の上から雷を落とされそうだ」

「ホントですよ。もう、何だったら全部食ってください。俺たち、昨夜、たこ焼き食いすぎたんで」

「ええ、ええ。淡海先生がお食事をろくに召し上がっていないと聞けば、夏神様がまたご心配なさいます。ささ、存分に」

食いしん坊のロイドも、ここは淡海を最優先すべきと理解して、密封容器を淡海に差し出す。

だが淡海は、薄い眉《まゆ》をハの字にして、困り気味の笑顔で両手を軽く振った。

「いやいや、何日絶食したところで、そもそもの胃袋が小さめサイズなんだ。そんなには食べられないよ。お気持ちだけ頂戴《ちょうだい》するね。さ、君たちも食べて食べて。一緒に食べたいんだよ、僕は」

「そうでございますか？　まあ、無理矢理お勧めして、お腹をビックリさせてもいけませんね。では、失礼致しまして」

たちまち、自分の分をちゃっかり確保し、うまうまと口に運ぶロイドを楽しげな笑顔で見守り、淡海はこう言った。

「でも、久し振りの滋養が、全身に染み渡るのを感じるよ。ありがたい。……ああ、ありがたいで思い出した」

「はい？　何です？」

「昨夜、珍しく父から電話があってね。育ての父のほうだけど」

淡海は世間話のひとつのように何げなくそう言ったが、先日、一憲とのやり取りがあったばかりの海里は、ギョッとして上擦った声を上げた。

「あ、ああ、は、はい。育てのお父さん！　何かあったんですか？」

「あったねえ」

「っていうと？」

「驚いた。いや、電話自体は驚くほどのことじゃなかった。純佳が僕の中にいた頃、やっぱり彼女にとっては実の両親だから、きっと会いたいだろうと思ってね。僕越しに触れ合うしかないわけだから、僕が上京するタイミングで、できるだけ養親に会いに行くようにしていたんだ」

「あ、なるほど」

納得の声を上げる海里に、淡海は妹の存在を懐かしむように、自然に胸元に片手を当てて言った。

「妹の存在が勿論助けになったわけだけど、養親と大人同士になってみると、庇護《ひご》する者とされる者じゃなく、お互い、別所帯の自立した人間として、ある程度の距離を保って話ができる。特に、養父と僕はね」

淡海は、今も政界に顔を利かせているという大物政治家の隠し子として生まれ、その政治家の部下の子として育てられた。

淡海が冗談めかして「闇の特別養子縁組だよ」と言ったことがあったが、どうやらそれは、正式な手続きを踏まず、政治的な、あるいは雇用関係の圧力のもとで行われた「赤ん坊の押しつけ」であったらしい。

多感な頃にその事実を悪意ある他人から知らされ、養親との関係が悪い方向で複雑になったという淡海だが、今は、たとえ出発点は職業的な義務感、あるいは何らかの政治的な取引の結果だったとしても、後に生まれた実子の純佳と分け隔てなく、大切に育ててもらったことを感謝していると言っていた。

（ああ、そうか。実の親じゃない親御さんに育てられた人、こんなに身近にいたじゃないか。なんで忘れてたんだろう）

海里は自分の迂闊《うかつ》さに驚きつつも、淡海に訊ねた。

「そんじゃもう、育ての親御さんとは仲良しなんですか？」

淡海は食べかけのサンドイッチを手に持ったまま、恥ずかしそうに首を斜めに傾けた。

「いやあ、仲良しってほどじゃない。つい敬語で喋《しゃべ》ってしまうし、そのほうが居心地がいいもんだから、直せなくてね。純佳はよそよそしいと不満だったようだけど、養親はさほど気にしていないみたいだ。養母は普通に接してくれるよ。養父は……養父も、最近はつられたのか、そのほうが心地いいのか、やや敬語気味だな」

「お互い敬語で喋ってるんですか！　義理でも、一応、親子なのに？」

「それが、僕らの適切な距離感ってことなんじゃない？　だってほら、ロイドさんだって、いつも敬語じゃないか。でも、よそよそしくなんてないだろ？」

「あ、そういえば」

海里は今さらながらに感心して、傍らのロイドを見た。

こちらも、今となっては一応レベルだが、それでも「主従」という関係性であるので、ロイドの敬語にさほど疑問を持っていなかった海里である。

だが、言われてみれば、ロイドの敬語をよそよそしいとか、距離を置かれていると感じたことは、海里は一度もない。

当のロイドは、ニコニコ顔でサンドイッチを飲み下してから言った。

「敬語、丁寧語と申しますのは、お相手に対する尊敬の念のあらわれであって、よそよそしさを醸し出すためのものではないと考えておりますよ」

我が意を得たりと、淡海は大きく頷《うなず》いた。骨張った長い指を、指揮棒のように振り回しながら、彼は力説した。

「そのとおり！　僕は、実子じゃない僕を大人になるまでちゃんと養ってくれた父を尊敬しているし、父も……少しは、僕を、というより、僕の仕事を認めてくれているからこその敬語なのかなと感じてる。だから、お互いの敬語が心地いいんだと思うよ」

「仕事？　作家の？」

海里に問われた淡海は、瘦《や》せた顔をクシャッとさせて、心底嬉《うれ》しそうに頷いた。

「うん。この前の電話っていうのがね、『最新作で、作風の根底にあるものが明らかに変化したように感じますが、何か心境の変化がありましたか。体調など、大丈夫ですか？』って質問だったんだよ」

おそらく、淡海は養父の口ぶりを真似たのだろう。

確かに穏やかな、相手の領域に土足で踏み入るまいとするような慎重な語り口だった。

「いや、一応、僕がどこで何をしているか把握するために、養父が僕の著作に目を通しているようだと、養母からは聞いていた。彼女は、作品自体には興味がなかったようで、いっときテレビによく出ていた僕本人のほうをチェックして、『そろそろ髪を切りなさい。小鳥が引っ越してきますよ』なんてメールが来ていたもんだけど」

目の前の淡海の、癖の強いもじゃもじゃ髪を見て、海里は小さく噴き出した。

「ガチでお母さんだ！　母親なら絶対言いたくなりますよ、切りなさいって」

「そうみたいだねえ。このくらいの長さがあったほうが、おさまりがいいんだけど。まあとにかく、養父の『目を通す』は、パラ読みくらいだと思ってたんだよ。それに、僕は書くジャンルによって、文体をコロコロ変えるほうだ。作風の変化なんて、養父が気にすると思ってもみなかった」

しみじみとそう言って、淡海は、サンドイッチの最後の一口を頰張る。

「最新作って、もしかして」

「うん、純佳がいなくなって、初めて書いたやつだ。共著者とも呼ぶべき妹が消えて、久し振りのひとりぼっちに心細くて震えながら、それでも一文字ずつ打ち込み続けてようやく形になった一冊。それを読んで、養父は僕自身の心の変化に気づいて、わざわざ連絡をくれたんだ。気に懸けてくれている。そう実感して、ありがたかったねえ」

「……そっか。こじれたとしても、周囲から見たらよそよそしくても、そういう関係の落ち着き方もあるんですねえ」

「あるんだね。小説を書くときの参考になるなと思ったけど、君の演技の参考にもなるかい？」

海里が興味を示したのを、淡海は演技の勉強のためだと考えたらしい。海里は少し躊躇《ため》ったが、兄夫婦が特別養子縁組を考えているという事実だけを、簡略に淡海に伝えた。

淡海はやはり温かく微笑んで、「素敵だね」とまず言った。

「素敵なんですけど、やっぱり兄貴は、俺と上手《うま》くいかなかったことを引きずってるみたいで。その、先生がご両親と上手くいかなかったのとは、ちょっとタイプが違うとは思うんですけど」

「ふむ。新たにお子さんを迎えるにあたり、そのせいで自信が持てない、とか？」

「それよりは、もうちょっとシリアスな感じで悩んでます」

さすがに、首を絞めた云々《うんぬん》という物騒なことを淡海に打ち明けることはできず、海里は言葉を濁す。

どうも、何か深刻なものがあるらしい、ということだけは、海里の表情と微妙な物言いから察したのだろう。淡海は、何げない口調でこう言った。

「そうか。まあ、人には色々あるからね。もし、僕がしたみたいにプロの力が借りたいなら、相談に乗るよ」

「えっ？」

驚く海里の手から、サンドイッチが皿に落ち、バラバラに散らばる。淡海は、痩せた肩を竦《すく》めてみせた。

「お恥ずかしいけど、純佳がいなくなって、僕も寂しくてたまらなくて、カウンセリングを受けたんだ。東京で一緒に情報番組のコメンテーターをしていた精神科医の先生がいてね。勤めている医院の大阪の分院を任されて、こっちに来ていたものだから、渡りに船と泣きついた」

「泣きついたって……」

「生業《なりわい》として、小説を書かなきゃいけないからね。薬の服用は、やっぱり心のあり方に影響を及ぼすだろうと思って、嫌だって駄々をこねたんだよ。それで、ひたすら話を聞いてもらって、過去へ、過去へと心の底にある問題を探り当てる旅みたいなカウンセリングをしてもらった。純佳の魂が僕の中で同居していたことだけは、さすがに言えなかったけれど……でも、ずいぶん心の中が整理整頓《せいとん》されて、落ち着いた感じがするよ」

（それって！）

海里はサンドイッチのことなどもはやすっかり忘れて、淡海に縋《すが》り付かんばかりに訴えた。

「その人！　その人、俺にも紹介してもらえますか？　俺にっていうか、俺の義理の姉さんに！　なんか、いけそうな気がする！」

「……いけそうな？　ああ、うん、連絡はいつでも取れるし、紹介もできると思うけど」

「やったー！　ささやか過ぎるけど、俺にできること、その一、はっけーん！」

「ようございました！」

大きなガッツポーズを決める海里と、嬉しそうに手を叩《たた》くロイドを、淡海は何とも微妙な、バスに置き去りにされた乗客のような顔で見守っていた。

五章　助け、助けられ

それからしばらく、一憲からも奈津からも、これといった連絡はなかった。

一度だけ、「淡海先生が、実際お世話になった先生、しかもカウンセリングをしてくださるってことで、一憲さんも乗り気になってくれたの。気が変わらないうちに、次の土曜日、予約を入れた！」と、奈津から報告があったきりだ。

その後、どうなったのか。

海里としては大いに気になるところだが、夏神に言われたとおり、これは兄夫婦の問題である。せいいっぱい範囲を拡大しても、当事者はせいぜい、同居している母の公恵までだろう。

海里としては、一憲か奈津が自発的に話してくれるまで、ただじっと待つより他になかった。

といっても、ただ何もせず心配していられるほど、海里も暇ではない。

平日は「ばんめし屋」の仕事をこなし、その合間に朗読イベントに向けての自主稽古《けいこ》をしなくてはならない。

さらに、不定期開業の「ひるめし屋」営業に備え、メニューの発案や改善、下準備、地道な宣伝なども、夏神やロイドと共に日々、少しずつ進めている。

心の片隅で兄のことを気にしつつも、様々なことに追われ、積極的に何かをする余裕はなかった……というのが正直なところである。

そんな日常に小さな変化が起こったのは、一ヶ月ほど経ったある蒸し暑い朝のことだった。

『寝てるのがわかってるのに電話して、ごめんなさい。今ちょっとだけいい？』

奈津が、海里のスマートフォンに連絡してきたのである。

遠慮がちな口ぶりではあるが、奈津の声はよく通るので、実際、ぐっすり眠っていた海里の脳をビンタで叩《たた》き起こす程度のパワーはある。

「ん……ん、うう」

それでも咄嗟《とっさ》にまともな言葉は出ず、海里は呻《うめ》き声で応じる。

『大丈夫？　ごめんなさい、ここしばらく動物病院の仕事が忙しくて、お義母《かあ》さんや一憲さんと一緒じゃなくて、海里君に電話できるときって、通勤途中、駅から動物病院まで歩いてる間くらいしかないのよ。夜は、海里君がお仕事中だし。あんまり日を置きすぎるのもどうかと思って、思いきって連絡したの』

「……うう」

『ホントにごめんなさい。やっぱり……今じゃないほうがいいかな』

海里は薄目を開けて、枕元の目覚まし時計を見た。

午前八時十二分。寝入って、まだ二時間も経っていない。

重い瞼《まぶた》をこじ開ける気力もなく、再び目を閉じ、仰向《あおむ》けに横たわったままで、海里はどうにか声を絞り出した。

「大丈夫、身体はまだ寝てるけど、頭は起きた。ちゃんと聞いてる。どうしたの？　なんか兄貴まわりでヤバいことでも起きた？　例のこと？」

スピーカーから聞こえる奈津の声が、明らかに安堵《あんど》の色を帯びる。

『そう。例の、大昔、一憲さんが海里君の首をアレした話』

道を歩いている途中らしいので、奈津は物騒な表現を避けたのだろう。海里は「うん」と相づちを打ちながら、腹にだけ掛けていたタオルケットを払い落とし、顔と首筋に滲《にじ》んだ汗を、Tシャツの袖《そで》や肩口に擦《こす》りつけて拭《ぬぐ》った。

梅雨明けしてからは、熱帯夜からの猛暑日がずっと続いている。

芸能人時代から、喉《のど》と肌を乾燥から守るため、眠るときはエアコンを切るようにしていたのだが、昨今の暑さでは、さすがに無理があるようだ。

手探りで、枕元に置いたはずのエアコンのリモコンを探り当てようとしたとき、他の何かひんやりした柔らかいものが、海里の手の甲にそっと触れた。

「わたしが」

耳慣れた穏やかな声が、顔の近くで囁《ささや》きかけてくる。

スマートフォンの着信音で、ロイドも目を覚ましたのだろう。海里の意図を察して、エアコンをつけるため、人間の姿になってくれたようだ。

やはり目を開けず、「サンキュ」と小声で礼を言ってから、海里は奈津に訊《たず》ねた。

「もしかして、あれ、問題になったりした？　ずっと、気にはしてたんだ」

するとすぐに、奈津は明るい声で答えた。

『いいえ。団体の方にもお話ししたけど、むしろ「うんとお若いときに、大変な経験をなさったんですね」って、一憲さんに同情してた。まだ未成年だった頃の話だし、一度きりのことだし、誰が聞いても同情するような状況だし、刑事事件になったわけでもない。特に問題にはならないだろうと仰《おつしや》ったわ。ただ……』

「ただ？」

窓に挟むタイプの、お世辞にも高性能とはいえないエアコンでも、部屋が狭いおかげでそれなりに涼しくなる。やや音はうるさいが、そこは許容せねばなるまい。

海里は、気持ちよさそうに寝たまま大きく伸びをして、奈津の話に耳を傾けた。

『やっぱり、一憲さんの心を案じてくださった。一度きりとはいえ、自分が加害者になったことに大きな恐怖心を持っているままでは、一憲さんがつらいだろうって言われたわ。そのとおりだと思う』

「海里様、お腹が冷えますよ」

やはり小声で囁いて、海里がさっき払い落としたタオルケットを、ロイドが拾い上げて腹に掛けてくれる。

そのどこか母親めいた世話焼きに片手を立てて感謝を示しつつ、海里はようやく目を開けた。途端に、磨《す》りガラス越しに差し込む夏の日差しが、容赦なく海里の網膜を刺す。

「うわ、まぶし……。あ、ごめん。それで?」

片手を目の上にかざしながら先を促すと、奈津は通りの雑踏をBGMに話を続けた。

『それで、例の精神科の先生よ。ホントは、初診の予約、半年後とか一年後とかじゃないととれない方なんですって。でも、淡海先生が、「僕の命の恩人のお兄さんだから」って紹介してくださったから、週末のお休みを潰《つぶ》して会ってくださったの』

「うわ、マジで。淡海先生に、特大の借りができちゃったな。いや、借りは他にも山ほどあるんだけど。……それで、どうなったの?」

『うん、治療と気負わず、まずはじっくりお話をしましょうって言ってくださって、一憲さんと私でクリニックに伺って、ずいぶん長い間、お喋《しゃべ》りをした。勿論《もちろん》、喋ったのは一憲さんよ? 私は保護者みたいなもの』

「目に浮かぶよ。兄貴、ちゃんと喋れてた?」

『そこは、先生がお上手だから。あの口下手が、珍しいほど喋ってた。私や仁木さんが、ちょっとジェラシー感じちゃうくらい』

「朝から、他人のラブまで載っけて語るのやめて。それで、先生に何か言われた?」

『それがね。こないだ電話したとき言ったでしょ、私、グリーフケアの講座で、「傷を抱えたまま、共に生きる」って考えを学んだって。精神科の先生も、似たようなことを仰ってた。人間、辛《つら》いことほど忘れ去ることはできませんからねって。一憲さんが、一時的にそんな大事件を忘れてたのは、そうしないと彼の心が保《も》たなかったからでしょうって、先生は同情してた』

「あー……。そうだよな。ひとりで家族の全部を抱え込んでたんだもんな、兄貴」

海里の苦い声に、奈津は優しく同意する。

『そうそう。でも、あの人は、思い出してしまった。思い出したからには、トゲトゲが刺さって痛くてたまらない記憶を、緩衝材で包んでやる必要があるんですよって言われたわ』

「たとえが上手《うま》いなあ。でも具体的な方法は？　結局、お喋りしてちょっと気が楽になっただけ？」

やや落胆する海里に、奈津は明るい声で応じる。

『ううん、そんなことない。アドバイスはいただいたわ。誰だって、初回にこっぴどくしくじったことを、もう一度チャレンジするのは怖い。一歩踏み出す支えになるものが必要になるって』

スマートフォン越しに微《かす》かに漏れる奈津の声を、ロイドが布団のすぐ横に座り込んで聞き取ろうとしているのに気づき、海里は通話をハンズフリーに切り替えて、スマートフォンを枕の脇に置いた。

「支えは奈津さんだろ？」

『それは勿論。でも、一憲さんの心の中にも支えになるもの、目標になるものが必要だって、先生は仰ったの』

「兄貴の心の中に？」

『ええ。先生との会話の中で、一憲さんはお父さんのことをとっても尊敬していたことが感じられたから、やっぱりそこはお父さんとの思い出なんじゃないかな、ああなりたい、近づきたいと思うことがモチベーションや勇気に繋《つな》がるんじゃないかって』

「お父さん、か。俺、ほぼ知らないからなあ。三歳なんて、物心つく前だし」

『そうよね。一憲さんも……』

「兄貴はよく知ってるでしょ。十六年も一緒にいたんだもん」

『それがねえ……』

奈津は初めて、少し困ったような声を出した。

「何？　どうかした？」

『ほら、お父さん、船乗りだったんでしょう？　長期にわたる航海続きで、ほとんどご自宅にはいらっしゃらなかったって一憲さん、言ってた』

「……あー……」

『海里君には、お父さん代わりとして接していた手前、お父さんのことをよく知っているように言っていたかもしれないけど、親子の楽しい思い出は、一憲さんの記憶の中にもないみたい』

「マジか」

初めて知る事実に、海里は思わず布団の上に身を起こす。ロイドも、両目をまん丸くして、驚きを表した。

『勿論、お顔は覚えてるし、会話もそれなりにしているのよ？　だけど、一憲さんにとっても、お父さんは「不在の人」「仕事に命をかけている人」って感覚が強くて、でもいなくなったらそれはそれで物凄《ものすご》くショックで……。「ほぼいないのに一家の心の支柱だった人」ってイメージなんですって』

「それじゃ、全然、父親として踏み出すモチベにならないじゃん。『亭主元気で留守がいい』みたいな話になっちゃう」

『そうなのよねえ。それでも、何か一つくらいあるでしょ！　って思うけど、一憲さんに無理矢理思い出せって迫るのも変だし』

海里は、腕組みしてうーんと唸《うな》った。

「そうだなあ。父と子の思い出、か」

『やっぱりそこは、覚えていなくても、お父さんと一緒に過ごした時間を持ってる海里君にお手伝いしてもらうのがいいんじゃないかと思ったの』

「俺？　でも俺はさあ、兄貴の不安の源みたいなもんだし」

『だからこそ、よ。今の一憲さんの恐怖と不安は、お父さんの不在、それに海里君とのネガティブな出来事とががんじがらめに絡まっているわけでしょう？　そこを、先生が仰ったように、優しく包んであげられたら……と思うの』

「俺が⁉」

『あなたにやれって押しつけるつもりはないのよ。ただ、父と子、ううん、もっといえば、お父さんと一憲さんと海里君、三人で過ごした共通のあったかな思い出が一つでもあれば、一つでも思い出せたら……それが一憲さんの気持ちを変えるきっかけになるんじゃないかと』

海里は、スマートフォンを見下ろし、ゆっくりと頷《うなず》いた。

「なるほど、話の方向性はわかった。ただ、そんなのあるのかな。俺、何も覚えてないから、どこから手をつけていいのか、わかんねえ」

すると奈津は、ここぞとばかりに声に力を込めた。

『そこはお義母《かあ》さんの力を借りてみたら？　私がいきなり、お義父《とう》さんのこと知りたいって言ったら、お義母さん、さすがに何があったんだって訝《いぶか》しむでしょう。今回のこと、お義母さんには伝えてないの。知ったら、きっと自分を責めると思うから』

「……だよね。ありがとう、お母さんのこと、気遣ってくれて」

『いいのよ。でも、あなたなら……実の息子が父親について知りたがるのは当たり前だから、大丈夫かなって。そう思わない？』

「それはそうだな」

『何か、そういう思い出になるようなもの、一つでも見つけてほしいのよ。無茶だと思うし、丸投げの我が儘《まま》なお願いだけど、頼める？』

海里は軽い寝癖のついた髪を手で撫《な》でつけながら、エッジの鈍い口ぶりで返事をした。

「俺、兄貴には悪かったと思ってるからさ。あんまり言うと、兄貴が余計にしんどくなるからもう言わないけど。だから、二人の力になれるなら、何でもするって決めてたんだ。……うん、やってみる。あんまり結果は期待しないでほしいけど。お母さん、今日は家にいる？」

『うん。愛生ちゃんがまた週末に来るから、ベッドカバー縫うって言ってた』

「ベッドカバー!?　何それ」

『愛生ちゃんがうちに来ることが決まってから、パッチワークで作り始めたんですって。いつか我が家から卒業するとき、思い出の品として持っていってもらえるようにって』

「うっわー、愛が重いな！　邪魔にならなきゃいいけど。けどまあ、何かしてあげたくてしょうがないんだろうな。わかった。もう起きちゃったし、昼からの仕事を始める前に、行ってみる」

『ほんとにごめんなさい。期待しないで、頼りにしてる』

「ずっるいなあ、それ」

『あはは。じゃあ、またね。何かあったら、メッセージを送って』

「了解」

ピッ、と機械音風の声を自ら出して通話を切った海里は、スマートフォンを布団の上に置いたまま、いつの間にか布団の端っこで正座していたロイドを見た。

「聞いてたよな。状況、把握した？」

「失礼ながら、まるっと」

少々申し訳なさそうに、しかし茶目っ気のある笑みを浮かべて、ロイドは頷く。

「オッケ。そんじゃ早速、行きますか。夏神さんが起きて、仕込みを始める前に戻りたいし」

海里はそう言うが早いか立ち上がり、部屋の隅に積み上げてある洗濯物の中から、着るべき服を選んで引っ張り出す。

そんな主《あるじ》に、ロイドは心配そうに声を掛けた。

「もう少し、お休みになってからのほうがよろしいのでは？　睡眠不足は万病のもとと申しますよ」

「男には……おっと、こういう言い方、もう古いか。人類には、やらねばならないときがあるんだって」

「それは眼鏡にもございますが……。いえ、確かにそうですね。善は急げと申します。わたしもお供してよろしいですか？」

「勿論《もちろん》。というか、一緒に来てほしいかも。奈津さんの手前、言えなかったけど、俺にとっても父親のことって、若干の繊細案件だからさ」

ロイドが人間でないからというよりは、むしろ家族よりも近しい存在だからこそ、海里は気負うことなく心情を吐露することができる。

ロイドもまた、それを素直に喜んだ。

「かしこまりました。謹んで、海里様の保護者の役割を果たすと致しましょう」

「保護者とまでは言ってねえ！　でも、ありがとな」

「どういたしまして。ではわたしは、密《ひそ》やかにご一緒すると致しましょう」

公恵と海里の母子の時間を邪魔しないようにという配慮だろう、ロイドは海里の返事を待たず、布団の上で眼鏡の姿に戻る。

「サンキュ」

さりげない思いやりに、こちらも軽やかに感謝して、着替えを終えた海里は、ぞんざいに見えて意外なほど丁寧な手つきで、セルロイドの古い眼鏡を拾い上げ、ケースに収めたのだった。


朝からいきなり訪ねてきた次男を、公恵はさすがにビックリした顔で、でも嬉《うれ》しそうに家に迎え入れた。

「よく来てくれたわね！　でも、こんなに早く、どうしたの？」

涼しいリビングのローテーブルの上には、なるほど、縫いかけのパッチワークが広げてある。それを見下ろして、海里はまず母親に謝った。

「ごめん、特に約束もしないで来ちゃって」

「何言ってるの。自分の家に帰ってくるのに、どうして約束が必要なのよ。もっと頻繁に、いつでもどうぞ。でも、どうしたの、突然。何かあった？　朝ごはん食べる？」

笑顔で、それでも少し心配そうに問いかけ、気遣ってくれる母親に、海里は小さな勇気を振り絞って切り出した。

「あ、いや。朝飯はいい。ただ、ちょっと頼みたいことがあって。お母さんが嫌じゃなかったらなんだけど」

「あら、なあに？」

「ええと……唐突だけど、お父さんのこと、知りたいなと思ってさ。なんか見せてもらえるものとか、ある？」

「……えっ？」

さすがの公恵も、面食らった様子を見せる。海里は慌てて説明を加えた。

「いやさ、俺、あんまりお父さんのこと、知らないじゃん？　物心つく前に海の事故で死んじゃった、船乗りだった、までは知ってるけど、人となりとか、そういうの。何だか家族で俺ひとり知らないのが悔しくて、これまで聞こうとしなかったから」

「それに……私のせいね？」

公恵は微笑んで、静かに言った。海里は、複雑な面持ちで首を曖昧《あいまい》に傾げる。

そんな息子に歩み寄り、母親は優しく言った。

「大丈夫、わかってるわ。海里が子供の頃、私はお父さんの死を受け止めきれずにいたものね。とても、お父さんについて知りたいなんて言い出せなかったでしょう」

「ん……、まあ、それもある」

「正直、今もお父さんの写真とか愛用の品とか、こっちの家にも持って来てはいるけど、見られずにいるの。でも、あなたが見るのは自由よ。きっとお父さんも、嬉しいと思う。見てみる？」

「あ、うん」

「じゃあ……そうね、愛生ちゃんの勉強部屋でご覧なさいよ。元、あんたの部屋だけど」

「デスヨネー！　了解、じゃあ、運ぶの手伝う」

「お願い。納戸に全部入ってるから」

「全部じゃなくていいよ？」

「それほどたくさんはないのよ。狭いお船での生活に慣れていたせいか、あまり物を持たない人だったから」

　そんな会話をしながら、母と息子は、納戸の奥から段ボール箱を四つ引っ張りだし、今は愛生が使っている二階の六畳の洋間へ運び込んだ。

　家を飛び出すまでは、海里が自室として使っていた部屋である。彼が家出同然に出て行ったあと、怒った一憲が、海里の所持品をほぼすべて処分し、さらにリフォームしてしまったため、元の面影はほとんど残っていない。

ただ、あまり活用する機会がなかった勉強机と椅子だけが、むしろ生き証人のように鎮座していて、その皮肉さに、海里はつい笑ってしまう。

冷たい麦茶を大きなペットボトルごと、グラスを添えて運んできた公恵は、「じゃあ、私は下にいるわね」と言った。

「やっぱり、一緒に見ないの?」

意外そうに言う海里に、公恵はちょっと寂しそうにかぶりを振った。

「ごめんなさい、たとえあんたと一緒でも、見るのはつらいのよ。物が少ないだけに、ひとつひとつが思い出深くて」

「そういうもんか。ごめん、悪いこと言った。全然いいよ」

「ううん。ゆっくり見て。見終わったら、元の場所に戻しておいてね」

「わかった」

「あと……あなたが嫌でなければ、だけど」

「ん?」

「もし、そうしたければ、その中から、何でもいくつでも、好きなものを持っていきなさい。今さらだけど、お父さんの形見分け」

海里はハッとした。

たとえ見るのがつらくても、最愛の夫の遺品だ。公恵としては、すべて自分の傍に置いておきたいだろう。それでも、海里と、記憶に残ってすらいない父とを、遺品で結びつけてやりたいという母の想いには、静かに胸を打つものがある。

「……ありがと。じゃあ、なんかくすねていくかも」

「貰《もら》っていくと言いなさい、人聞きの悪い。ごゆっくりね」

笑顔でそう言って、公恵は部屋を出ていく。階段を下りていくゆっくりした足音を聞きながら、海里は段ボール箱をすべて開けてみた。

おおむね、想像どおりのものが入っている。

アルバム、スーツ、革靴、セーター、船員としての制服一式、書籍や愛用品だったのであろう文房具。

ちょっと珍しいのは、方位磁石や天体図あたりだが、これも船員として必要なものだったのかもしれない。

海里は懐かしい勉強机に向かって座り、六冊ある分厚いアルバムを開いてみた。途端に、ロイドが人間の姿で傍らに立つ。

「お前も座って……あ、椅子らしいもんがないか。ベッドに座って、一緒に見る？」

「いいえ、わたしは眼鏡ですから、立ったままでも平気ですよ。それに、もしやこれは、海里様がかつてお使いになったものなのでは？」

「うん、そう。勉強嫌いだったから、あんまし使ってなかったけど」

「それでも、幼い日の海里様が、この椅子に……と思うと、微笑ましゅうございます」

「別に、微笑ましくはないって。……ああ、なんか、お父さんの写真、こんなにたくさん見るのは初めてだな」

海里は、硬いページを捲《めく》りながら、しみじみと言った。

公恵が、亡き夫の写真を見るのもつらいということで、遺影すら仏壇に置かれていなかった時期もあった。

父親のことを話題に出せないだけでなく、写真が見たいとも言い出せずにいた海里である。

アルバムの中の若き父親は、潑溂《はつらつ》としていた。

(顔は、百パー兄ちゃんに似てる。いや、兄ちゃんが、百パー、お父さんに似てる)

つい兄中心に考えてしまう自分自身に、海里は思わず笑ってしまう。

短髪も、スポーツマンらしい意志の強そうな顔立ちも、ガッチリした体格も、すべて、海里が一憲のものとして意識する要素だ。

ただ、父親は一憲と違って、どの写真を見ても快活に笑っていた。

公恵との結婚式での記念写真も。

航海中の、船の上や、どこかもわからぬ国の街角でのスナップも。

赤ん坊時代の一憲を抱いた写真も。

ただ、写っているのは、圧倒的に一憲だけ、あるいは公恵と一憲、たまに祖父母である。父親の写真は少なく、しかもひとり、あるいは仕事仲間と船上にいるときのものが多い。

一憲の幼稚園、小学校、中学校を通じて、入園入学、卒業時の写真に共に写っているのは公恵だけだった。どうやら父親は航海中で、そうした節目の式典を悉《ことごと》くミスしたようだ。

海里の目をひときわ惹《ひ》きつけたのは、おそらくは乗っている船にFAXで届いた、生まれたての海里の写真を持っている写真である。

父親は、いかにも嬉《うれ》しく誇らしそうな、太陽のような笑顔を見せていた。

「これが、海里様のお父上なのですね」

「兄貴にそっくりだな」

海里の言葉に、ロイドは頷《うなず》きつつもこう言った。

「はい。ですが、笑顔は海里様にそっくりでいらっしゃいます」

「そうかあ？」

「はい。海里様の、見る者の心を晴れやかにする魅力的な笑顔は、お父上譲りでしたか。得心がいきました。素敵なお写真ばかりですね」

「うん。……そっか。俺が生まれたとき、お父さんは海の上だったとは聞いたことがあるけど、FAXで知ったんだな。俺の顔写真、なんか捕獲された宇宙人みたいな写りだけど、それでもお父さん、めちゃくちゃ嬉しそう」

「それはそうでございましょう。……ほら、実際に面会なさったときのお写真も、嬉しそうでいらっしゃいますよ」

「ホントだな。俺、覚えてないだけで、ちゃんとお父さんに抱っこしてもらってるし、手を引いて歩いてもらってるし、肩車もしてもらってる」

感慨深そうに、次から次へとアルバムを開く海里を、ロイドは頷きながらにこやかに見守る。

「あ、いかんいかん。楽しんでる場合じゃねえ。俺、探し物をしに来たんだった。兄ちゃんとお父さん……いや、お父さんと兄ちゃんと俺の思い出を探さなきゃ」

「はっ、そうでございました。わたしも、もう一度アルバムを見返してもようございますか？」

「うん、頼む。なんかピンとくるものがあったら教えてくれよ」

「かしこまりました！」

ロイドは海里が最初に見たアルバムを両手で大切そうに持ち、背後のベッドに腰掛けて、膝《ひざ》の上で開く。

二人はそれきり無言で、しばらくアルバムを眺め続けた。

しかし、どの写真を見ても、ときには一緒に綴《と》じられている公恵の短いコメントを読んでも、家族と父親の接点は、あまりにも少なかった。

海里との写真は十枚ほどしかなく、家族四人揃っての写真に至っては、海里が最初の「七五三」のお参りをしたときのものだけだ。

一憲と父親の写真はそれよりはかなり多いが、そのほとんどは、横浜の自宅玄関で撮られた、制服姿の父親と、いくぶん緊張した顔つきの一憲というパターンだ。

（これたぶん、お父さんが航海に出る朝、記念に撮ってたんだろうな。あんまり、あったかい思い出じゃなさそう）

海里は溜《た》め息をついて、アルバムを閉じた。

「特にそれっぽい写真、ないな」

「……残念ながら」

ロイドも浮かない顔で同意する。

「アイテム……じゃ、それこそ思い出なんてわかんねえし。ほんと、ビックリするほど、物を持ってない人だったんだな、うちの父親。しょーもないもんってのが、全然ない」

「そうでございますねえ……」

「これはちょっとお手上げ。お母さんから思い出話を聞くってのも、さっきの調子じゃ無理そうだし。お母さんが自分から話してくれることは、きっとお母さんの中できちんと思い出になってるんだろうから安心して聞けるけど、こっちから振って引っ張り出したことは、そうじゃないかもだしな」

「確かに。海里様のご懸念、もっともなことと存じます」

ロイドは頷き、丁寧にアルバムを箱に戻し始めた。

「それでは、何か他の方法を？」

「奈津さんと相談して、探るしかないよな。はあ。でも、お母さんがああ言ってくれたから、何か形見の品は貰っていこうかな。小さいもん。今さらだけど、一つくらいはほしい気がする」

海里がそう言うと、ロイドは微笑んで「そうなさいませ」と言った。

「故人のよすがとなるお品をお傍に置くことは、絆《きずな》を繋《つな》ぐことになります。いかに細くとも、海里様とお父上の間にも確かな絆があったこと、先刻のお写真が教えてくれました。……そうそう、あの写真をお持ちになっては？」

だが、海里は首を横に振った。

「アルバムから写真をむしり取ると、なんか寂しい眺めになるだろ。写真はいつか電子化させてもらって、データで貰うよ」

「おお、文明の利器！　データとは、この眼鏡、思いつきませなんだ」

「俺は今どきの若者だからね！」

ちょっと胸を張り、海里は段ボール箱を覗《のぞ》き込んだ。

「とはいえ、服を貰うのはちょっとな。俺にはたぶん、大きすぎる。他に何か……」

「もし、よろしければ、こちらをお持ちになっては」

そう言ってロイドが手のひらに載せ、差し出したのは、小さな方位磁石だった。

金属製のケースの蓋《ふた》を開けると、中ではやはり金属製の小さな針が、ゆらゆらと動いて北を指している。

海里は怪訝《けげん》そうにロイドを見た。

「別にいいけど、なんか理由があんの？」

「特には。ただ、これがよいような気が……ただの、眼鏡の直感でございます」

「信憑《しんぴょう》性があるのかないのかさっぱりわかんねえけど……うん、でも、なんかいいな、方位磁石。道を示すグッズってとこが。小さくて軽いのもいい。とりあえず、これを貰っとこ」

　そう言うと、海里は方位磁石の蓋をきっちり閉め、イージーパンツのポケットに入れた。

　そして、ロイドを見てしんみり笑って、こう言った。

「付き合ってくれて、ありがとな。箱を納戸に戻したら、店に戻る前に、何かパパッと旨《うま》いもん食っていこう」

「喜んで！　母上様の手前、荷物運びがお手伝いできないのは残念ですが、お食事には謹んでお供致しますとも」

　そう言うが早いか、ロイドはベッドの上で眼鏡に戻る。

「調子いいなあ。けど、ひとりで見てたら、情緒がちょっと変になってたかも。いてくれて、ありがとな」

　苦笑いで、しかし、眼鏡の姿でいてくれるからこそ、正直な感謝の言葉を口にして、海里はずっしり重い段ボール箱を二つ重ね、「よいしょ」と、夏神譲りの年寄り臭いかけ声と共に抱え上げた……。

その日の午後、三時過ぎ。

店の仕込み作業を終えた海里は、二階の自室で布団の上に大の字になっていた。

「朝から出とった？　若いもんは無茶しよるな。ええ、開店までまだ時間ある。寝とけ寝とけ」

夏神が呆《あき》れ顔で厨房《ちゅうぼう》から追い払ってくれたので、お言葉に甘えて仮眠を取ることにしたのである。

仕込みのあいだ、ポケットに入れっぱなしだった方位磁石は、取り出して枕元に置いた。寝返りで潰《つぶ》してしまっては大変だと思ったのだ。

暑い中を実家まで移動したこともあり、横になると、自分でも驚くほどの疲労が押し寄せてきた。

階下でまだ細々した開店準備中の夏神とロイドに、心の中で詫《わ》びる暇もなく、海里は眠りに落ちた。

そして彼は、夢を見た。

どこかの喫茶店で向かい合って座っているのは、若き日の……まだ少年と呼びたい年頃の一憲と、そして、写真の中で見たばかりの男性。一憲と海里の父親だった。

(何だよ、深層心理どころか、撮って出し、いや、見て出しじゃねえの)

海里は夢の中で、自分自身に呆れる。どうやらこの夢における海里自身は、神の視点で父と子を傍観しているらしい。

「ごめんなあ、高校の入学祝いのプレゼントが今になってしまって」

詫びる父に、一憲は真剣な顔で首を横に振った。

「いや。お父さん、忙しいから」

「忙しいっていうか、一緒にいられない仕事だからな。ごめんな。けど、気に入ったバッグがあってよかった」

「通学に、大事に使う」

笑顔の父親とは対照的に、やっぱり真面目な顔つきのまま、それでも少し嬉《うれ》しそうに、一憲は自分の横に置いた紙袋を見た。

おそらくそこに、父親に買って貰《もら》ったばかりのバッグが入っているのだろう。

そこへ、店員が注文した品を運んできた。

一憲の前にはカフェオレを、父親の前には、派手な盛り付けのプリンアラモードを置いていく。

（マジか。お父さん、甘党だったのか）

驚く海里とリンクしたように、夢の中の一憲も、戸惑いの視線を父親に向けた。

「お父さん、そんなの食べるの？」

すると父親は、片目をつぶり、自分のプリンアラモードと、一憲のカフェオレをクルリと入れ換えた。

「食べる。お前が」

「えっ？　俺は……」

「お前、プリン大好きだって、お母さんから聞いたぞ。食え食え。こんなところで、格好つけなくていいんだ」

一憲の顔が、みるみる赤くなる。どうやら、図星だったらしい。

「けど、なんか恥ずかしい」

「注文するのと受け取るのと、恥ずかしいプロセスは全部お父さんが代わりにやっといた。お前は楽しんで食べるだけでいい」

「でも」

「お父さんも、一口もらう。プリン好きだからな」

そう言って、父親は真っ先にスプーンを取ると、プリンを大きく掬《すく》いとって頬張った。

そしてスプーンを一憲に差し出す。

「旨い。ほら」

「……いただきます」

恥ずかしそうに、それでもどこか嬉しそうに、一憲はスプーンを受け取り、やはりプリンを口にした。

「甘い。美味《おい》しい」

「だろ？　お前とふたりでこんな風に喫茶店来るの、初めてだな」

「うん」

頷《うなず》く一憲に、父親はしみじみと言った。

「親は無くとも子は育つ、いや、お母さんが立派にやってくれてるからだけど、父親が不在でも、子供はあっという間に大きくなるな。お前は、本当に立派になった。次に会うときには、お父さんより大きな身体になってそうだ。海里も……そういや、あいつもプリン好きかな？」

「……海里はまだ小さいから、こんな大きなプリンは無理だよ」

「そりゃそうか！」

父親は笑って、そしてこう言った。

「海里が大きなプリンを食える歳になったら、次は男三人で出掛けよう。お母さんと一緒だと買ってもらえないようなものを、こっそり買ってやる。プリンアラモードも、またご馳走《ちそう》してやろう」

悪戯《いたずら》っぽい悪だくみの誘いに、一憲は決まり悪そうに、しかし嬉しそうに同意する。

「それは……ちょっとだけ嬉しいけど。また、俺の代わりにプリン、注文するの？」

「お前がそうしてほしいなら。海里とお前がプリンを食うのを見ながら、俺は一口ずつもらう。次は二口食えるな」

「お父さんも、頼めばいいのに」

「こういう豪華なデザート、見るのは大好きなんだけどなあ。お父さん、生クリームが苦手だし、甘いものも、そうたくさんは食えないんだよ。だから、お前たちが食べるのを見て喜びながら、プリンを少しだけお裾《すそ》分《わ》けして貰えれば、それで十分なんだ」

「へえ……。でも、海里はくれないかもだよ。あいつはチビでもケチで、独占欲が強いから」

「ははは、そうなのか？」

「あいつの相手をしているお母さんにちょっと話しかけただけで、わんわん泣くんだ。そのくせ、俺がお母さんと話してるときにも、わざと泣いて邪魔するんだ。俺のお母さんでもあるのに」

いかにも不服そうな一憲に、父親は声を立てて笑った。

「末っ子ってのは、そんなもんだ。苦労をかけるけど、よろしく頼むな」

「……うん。わかってる」

不承不承頷く一憲の横顔が、みるみるうちに遠くなり……そして、海里はぱっちりと目覚めた。時計を見れば、まだ寝入って三十分も経っていないというのに、妙に意識は明瞭《めいりょう》だ。

「今の夢、もしかして……本当にあったこと？」

海里の視線は、枕元の方位磁石に注がれた。

（俺の知らない、お父さんと兄ちゃんの思い出を見せてくれたのか？　お父さんが？）

海里は思わず、方位磁石を手に部屋を飛び出し、階段を駆け下りた。

厨房で味噌汁《みそしる》用の出汁《だし》を引いていた夏神と、客席をせっせと拭《ふ》いていたロイドが、驚いて海里を見る。

「まだ寝とってええで？」

夏神はそう言ったが、海里は「もういい」と短く答えて、ロイドに近づいた。

「ロイド、お前、さっきこの方位磁石を持ってけって言ったの、もしかして」

するとロイドは、とても微妙な顔つきで、「何かございましたか？」と主《あるじ》に訊《たず》ねた。

「夢。夢を見た。お父さんと、兄貴の。昔の。これって、もしかして、方位磁石に何か仕掛けが……」

勢い込んでそう言った海里に、ロイドは静かに答えた。

「いいえ。それはただの物品です。ですが、父上様のご遺愛の品なれば、何らかの想いがこもっておるやもしれないとは思いました。先刻も申しましたとおり、そうした品は、故人との絆《きずな》を強めてくれることがあります。あるいは、海里様の兄上様を案じるお気持ちを、この方位磁石が、今はこの世におられない父上様へと繋《つな》いでくれたのかもしれません」

「そんなこと、あるんだろうか。……いや、あるな。倉持先生の息子さんも、小さな貝殻に心の欠片《かけら》をずっと遺《のこ》してた。身体が滅びても、魂は……欠片になっても、大事な人のもとに留《とど》まるのかも」

「ええ。信じていただけるかどうかはわかりませんが」

ロイドは海里をじっと見て、その二の腕にやわらかく触れた。

「海里様を包む、温かな不可視のヴェールのようなものを、わたしは今、感じております。付喪神《つくもがみ》であるからこそ感じ取れるものかと。……海里様がご覧になったという記憶は、おそらく、このヴェールの源、つまり……」

「お父さん？　じゃあ、やっぱりあれは。いや、わかんないけど、もしかしたら」

海里は、キョトンとしている夏神をキッと見た。

「夏神さん！　もしかしたらただのお茶会になっちゃうかもしれないけど、ちょっとだけ協力してもらっていい？」

夏神は大きなお玉じゃくしを持ったまま、間の抜けた返事をする。

「お茶会？　まあ、何でもええけど。できることやったら、すんで。何したらええねん？」

「えっとね……」

海里の説明を聞き、夏神の怪訝《けげん》そうだったギョロ目に楽しそうな光が宿り始めるまで、そう時間はかからなかった。

＊　　　＊

その週の土曜日、午後三時。

ひとりで「ばんめし屋」を訪れたのは、海里の兄、一憲だった。

店は定休日なので、のれんは下ろしてある。

誰もいない店内に一憲を迎え入れたのは、夏神と海里、そしてロイドだった。

「ささ、どうぞ。今日はこちらへ」

ロイドに案内され、一憲は居心地の悪そうな顔つきで、それでも従順に、テーブル席に腰を下ろした。

「これは、ささやかなものですが、皆さんで。というか、海里。これはいったい、どういう趣向の会合なんだ。お前はいつも、説明が足りない」

手土産の紙袋をロイドに託し、一憲は唯一小言をぶつけられる海里を軽く睨《にら》んだ。

「兄ちゃんにそれを言われる筋合いはないんですけど〜。でもまあ、わざと何も言わなかったし、今からも何も言わない」

海里はそう言うと、一憲の向かいの席にスッと座った。

そんな弟のふてぶてしい態度に、一憲は太い眉《まゆ》をひそめる。

「おい。何なんだ、それは。マスターとロイドさんまで巻き込んで、何をするつもりだ？」

「お茶をするつもり」

「な……」

「お願いしまーす」

涼しい顔でそう言うと、二人の前に水のグラスを置いたロイドは、「かしこまりました〜！」と楽しそうな笑顔で厨房《ちゅうぼう》に引き返す。

夏神もニコニコしながら、厨房の中で何か作業を始めたが、座っている一憲からは、夏神の手元を見ることはできない。

「海里、お前、何を企《たくら》んでる？」

「色々と。まあ、これがマジかどうかは兄ちゃんしかわかんないことなんだけど」

「……お前の言うことはいつもわからんが、今日はいつも以上にわからんぞ」

「俺もわかんないんだよ。でも、実現したいと思う、夢を見た」

海里は、兄を真っ直ぐに見て、そう言った。そして、二人の間……テーブルの真ん中に、くだんの方位磁石をそっと置いた。

一憲は、険しい顔で、方位磁石と弟の顔を交互に見る。

「これは？」

「お母さんに貰《もら》った、お父さんの遺品」

「お父さんの？　ああ……ああ！」

ずっと仏頂面だった一憲の眉が、明らかに五ミリほど上がった。口から出たのは、珍しいほど感情のこもった、大きな声だ。

むしろ今度は海里が、その反応を訝《いぶか》しむ番だった。

「何？　もしかして見覚えあるの？」

「あるに決まっている。これは、小学生の頃、俺がお父さんにあげたものだ」

「マジで！　なんで？」

「子供の愚かな発想だ。物語を読んで、常に北がわかることが、船乗りには大切だと知ったから……これがあれば、ピンチに陥ったとき、お父さんが助かるかもしれないと想った」

今は大人を絵に描いたような一憲に、無邪気で可愛らしい時代があったことを実感させるエピソードに、海里は絶句した。

「そっか。これ、兄ちゃんからお父さんへのプレゼントだったんだ。あんまり物を持たない主義のお父さんも、それでずっと大切に持ってたんだね」

「今の今まで知らなかったが。そうか、お父さんの遺品の中に」

感慨深そうに、一憲が方位磁石を手に取ったとき、ロイドが大きなトレイを運んできて、二人の前に、同じものを置いた。

「お待たせ致しました。当店特製の、プリンアラモードでございます」

恭しく一礼するロイドに、一憲は目を剝《む》いた。視線はロイドから、自然と夏神へ移動する。

「これは……いや、マスター、ここは定食屋では？」

厨房から、夏神は澄ました顔で答える。

「俺の師匠は生前、洋食屋をやっとりまして。こういうもんも、まあ、作れんことはないんですわ」

「そうだったんですか。いや、しかし」

「言うても、師匠も俺も、モロゾフより旨《うま》いプリンは作られへんっちゅうんが決まり文句なんで、プリンはモロゾフで調達さしてもらいました。アイスクリームも、師匠が大好きなレディーボーデンを使わしてもろて。主役は買うてきたもんです」

誤魔化さず真実を告げて、夏神はいかつい顔の造作を真ん中に寄せるような照れ笑いをした。

「そやけど、フルーツは気合いを入れてカットしましたし、生クリームもうちでちゃんと泡立てましたんで、まあ、半分は俺の手作りっちゅうことで、堪忍してください」

「いや……見事なものです」

一憲は居住まいを正し、目の前のプリンアラモードをじっと見下ろした。

中央には、なるほど見覚えのあるシルエットの堂々たる「モロゾフのカスタードプリン」が鎮座しており、その両側には、バニラとストロベリーのアイスクリームがワンスクープずつ盛りつけられている。

そして、横に長いガラスの器の空いた場所には、これでもかというほど、色々なフルーツが飾り付けられていた。

薄切りのリンゴをサッと煮て、淡いピンクになったところを幾重にも重ねてバラの花のようにしたもの、黄緑色が鮮やかなキウイフルーツのスライス、房から食べやすく果肉を取り出したオレンジとグレープフルーツ、断面が交叉《こうさ》する坂道のようになるようカットしたバナナ、皮ごと切った迫力満点のパイナップル、そしてそれらすべての要素を結びつけるように、あちこちにたっぷりと絞り出した生クリームと、上から彩りを添えるカラフルなチョコレートスプレー。

プリンの上にも生クリームを絞り出し、小粒の苺《いちご》をちょこんと載せてある。

まさに、クラシックで上品なプリンアラモードだ。

「見事な……まるで喫茶店の……喫茶店？」

自分の呟《つぶや》きに驚いた様子で、一憲は手の中にある方位磁石を、そしてプリンアラモードを、最後に海里を見た。

「海里、お前、何を知ってる？　いや、お前が知ってるはずがない。お前は……」

「チビだったから。『海里はまだ小さいから、こんな大きなプリンは無理だよ』だろ」

「！」

一憲の顔が、目まぐるしく赤くなったり青くなったりする。

「やっぱり、あの夢は、記憶だったんだね。お父さんと、兄ちゃんの」

海里は、一憲の手の中にある方位磁石を指さした。

「たぶんそいつが、見せてくれたんだ。兄ちゃんと父さんの記憶。二人の時間、二人だけの思い出、ちゃんとあったんだな」

「まさか、そんな。だが、これは確かに……お父さんと食べたプリンアラモードに似ている。とても。器まで」

「器は、夏神さんが師匠の店から持って来てた奴。借りたんだ。似てるよね。盛り付けは、俺が夢で見た奴を、夏神さんに再現してもらった。果物のカット、俺だと上手《うま》くやれなくて」

海里の説明を半ば上の空で聞いていた一憲は、腹の底から絞り出すような声を出した。

「俺すら忘れていた記憶を、お前が。信じられんが、これを目の前にしては、疑うことも難しい。だが、お前の話が本当だとして、何故、方位磁石が、そんな記憶をお前に見せたんだ?」

海里は肩を竦《すく》め、スプーンを取った。

「なんでだろ。でも夢を見た後、俺は……お父さんの希望を実現したいと感じたんだ」

「お父さんの希望?」

「俺が大きなプリンを食べられる歳になったら、今度は三人で店に来て、俺と兄ちゃんがプリンアラモードを食べて……」

「お父さんが、一口ずつ、俺たちから貰う」

「それ!」

「本当に……見たんだな、お前」

まだ信じられない顔つきながら、一憲はゆっくりとスプーンを取り、躊躇《ためら》いながらも、自分のプリンの、生クリームがかかっていないところを掬《すく》い取った。

そして、もう一方の手で、テーブルの真ん中に方位磁石を戻し、蓋《ふた》を開けた。

そして彼は、スプーンを揺れる針に向かって、軽く持ち上げる。

「こういうときも、献杯、と言うのだろうか」

「わかんねえ。献スプーン？　それも締まらないから、献杯でいいんじゃね？　お父さんはいないから、形だけになっちゃうけど。俺もちゃんと一口あげるよ、プリン。ケチじゃないからね！」

兄の悪口に反論して、海里も生クリーム抜きのプリンをひと匙《さじ》、方位磁石に差し出す。

数秒間そうしておいて、兄弟は、ほぼ同時にプリンをみずからの口に滑り込ませた。

「旨い」

「旨いね。安定のモロゾフ！」

そう言い合ってから、海里は改めて口を開いた。

「あのさ、兄ちゃん。お父さんはいないけど、こうして『三人』で、お茶できてよかった。お父さんは確かに俺たちのお父さんだったんだけど、俺が『お父さん』って聞いて思い出すのは、兄ちゃんだよ」

弟の言葉に、一憲はハッとしたようにスプーンを置く。海里は照れ臭そうに鼻の下を指先で擦《こす》ってから、言葉を継いだ。

「色々あったし、俺たち、基本的に気が合わないし、兄ちゃんのこと、心底嫌ってた時期もあった。兄ちゃんが俺さえいなければばって思ったのと同じに」

「う、ああ」

心の傷を敢《あ》えて抉《えぐ》るような海里の言葉に、一憲の厳《いか》めしい顔に苦痛の色が滲《にじ》む。だが海里は、穏やかに言葉を継いだ。

「兄ちゃんは、俺の首を絞めたことで苦しんでるけど、タイミング次第では、俺のほうも同じことをしてたと思うんだ」

「同じこと、とは？」

「もし、役者になるって言い張って、俺が家を出てなかったら。あれ以上、兄ちゃんと同じ屋根の下で暮らしてたら、俺……たぶん、兄ちゃんのこと刺してたんじゃないかな。あの頃の俺、兄ちゃんが死ねばいいと心底思ってた。空想の中で、何度も兄ちゃんのことをぶっ倒した。ごめん、本当にごめん」

「海里、お前」

「ごめんって！　だけど、そうなんだよ。俺も実家を離れて、そういう気持ち、都合よくどっかに置いてきてた。でも、兄ちゃんのこないだの告白を聞いて、あの頃の殺意、ガチだったなって思い返してさ。だから、兄ちゃん」

海里は、兄の顔をまっすぐ見て告げた。

「お互い様なんだ。実際、ちょっとだけやっちゃったのとイマジナリーとの違いはあっても、俺たち、お互いを殺し合ったんだよ。だけど、結局は生きて、お互い元気でこうしてる。兄ちゃんが必死で育ててくれたから、殺さないでいてくれたから、俺は大人になって、いっぺんどん底に落ちはしたけど、ゆっくり浮上中だろ」

「……ああ」

「俺が殺し損ねたから、兄ちゃんも奈津さんと結婚して、新しい命を迎えようとしてる。それを、絶対に躊躇わないでほしいんだ。あのとき、兄ちゃんを刺さないでよかったなあ、って、父親になった兄ちゃんを見ながら思いたいんだ、俺」

海里の言葉に、一憲の顔が大きく歪《ゆが》んだ。鋭い双眸《そうぼう》が涙で潤み、しかし彼は、グッとそれを目の奥に押し込めて、弟にいつもの調子で、少しだけ震える声で言った。

「そんな説得の仕方があるか！」

「やっぱ、ないか……。でも、本心だよ」

「わかっている。俺も、お前をあのとき、殺さなくて本当によかったと思う。お前は、俺の……自慢の弟、になるかもしれんと思えるようにはなった」

「まだメイビーレベル⁉」

思わず苦笑いした海里の前、ちょうど方位磁石の横あたりに、一憲の拳《こぶし》が、すっと置かれる。兄の意図を察した途端、海里の顔が真っ赤になった。

「兄ちゃん……」

「今はまだ自慢の弟ではないが、お前の兄でよかったとは思っている」

一憲の顔も、海里に負けず劣らずに赤い。

「お、おう。俺的には、兄ちゃんは……面倒くさいけど、立派で自慢の兄ちゃんだよ」

そんな言葉と共に、海里も自分の拳を、一回り大きな兄のそれにこつんと当てた。

まるで一世一代の告白でも交わしたような兄弟の姿に、ロイドは厨房《ちゅうぼう》の中で声を出さないように感涙にむせび、夏神は自分のもらい泣きを誤魔化すように、そんなロイドにタオルを手渡す。

そのとき、兄弟の口から、「あっ」と同時に驚きの声が上がった。

北を指して止まっていたはずの針が、ゆっくりと動いたのである。

まずは一憲を、次に海里を、そして海里の隣の、誰もいない席のあたりを指した針は、ぐるりと一回転して、また北を指した。

「これも……これも、お前の小細工か？」

兄に睨《にら》まれて、海里は慌てて片手を振った。

「ないない、そんな仕込みはしてない！　これって、もしかして……」

一憲は、落涙こそこらえたものの、充血した両目で、弟の隣の席を見た。

「見えなくとも、共にいるということなのか、お父さんが」

そうだとも違うとも言いかねて、海里は無言で首を傾げた。

父の幽霊は、この場にはいない。もしいたとしたら、ロイドが知らせてくれるはずだ。

だが……父の遺《のこ》した、我が子を想う気持ち。

ロイドが「温かなヴェール」と表現したその想いが、今、方位磁石の針を動かし、兄弟の心と父親の心を、絆《きずな》で結んでくれているのかもしれない。

海里はそう思ったが、胸がいっぱいすぎてそれを言葉にすることはできなかった。

だから彼はただ、もう一度、兄の拳に自分の拳をぶつけて、こう言った。

「きっと、お父さんも応援してるんだよ、未来のお父さんを」

一憲は何も言わず、ただ手を広げて、海里の拳を大きな手で包み込んだ。

海里は、兄の手の温《ぬく》もりを感じ、同時に、二人の手を包み込む、父親の「ヴェール」の温かさを味わう。

昼下がり、定休日の「ばんめし屋」には、温かな空気が漂い……そこに、ついに我慢できなかったロイドの「おおおん」という奇妙な泣き声が響いたのだった。

家のことを、頼んだぞ。
お母さんのことを、頼んだぞ。
海里のことを、頼んだぞ。
勉強もサッカーも、頑張れよ。

父が船に乗るため家を出る朝、いつも一憲はそんな言葉を投げかけられた。

大丈夫、全部ちゃんとやる。

そして一憲は、よく日焼けした父の顔を真っ直ぐ見上げ、いつもそう答えていた。
本当にそう思っていたからだ。
父に留守を任されることが、誇らしかった。

母に頼られることが、自慢だった。

やんちゃで我が儘《まま》だが、まだ赤ん坊に毛が生えた程度の弟は、やたら可愛かった。

勉強もサッカーも得意だったから、頑張ることは苦ではなかった。


でも。

一言だけ、足りなかったのだ。

一憲には、とうとう父から貰《もら》えなかった言葉があった。


(そうだ。俺は……)


「おじさん？」

すぐ近くで呼びかけられて、リビングのソファーに座っていた一憲は、ハッとした。

いつの間にか、目の前に愛生が来て、一憲の顔を心配そうに覗《のぞ》き込んでいる。

「あ、よかった。呼んでも反応ないから、目ぇ開けたまま寝てはるんかと思いました」

「いや、ちょっと考え事をしていたものだから。どうした？」

「えっと、あの、英語の質問、いいですか？　過去進行形と過去完了形んとこ」

見れば、愛生は英語の問題集を抱えている。

「ああ、いいよ。どうぞ」

一憲が、ローテーブルを挟んだ向かいのソファーを示すと、愛生は「隣のほうが一緒に見やすくないですか？」と怪訝《けげん》そうな顔をした。

一憲は手渡された問題集を受け取って開きながら、大真面目に答える。

「いや。年頃の、余所様《よそさま》のお嬢さんだからな。万が一にも……俺には誓って不埒《ふらち》な思いはないが、何らかのアクシデントで君に触れてしまったりしては、親御さんに申し訳が立たない。確かに少々不便だが、隣は困る」

それを聞いて、愛生はちょっと不服そうに口を尖《とが》らせて、「親御さん、いませんけど」と言い返した。

だが、一憲は少しも怯《ひる》まず、視線を上げ、眼鏡越しに愛生を見た。

「いるだろう」

「いないから、施設にいるんですけど」

「傍にいなくても、生みのご両親が存在する、あるいは存在した事実は消えない。君がこの世に生きている理由だ」

「……それは、そうかもやけど」

「週末里親になったうちの母も、君の『親』の末席に連なる者となった。母がその務めを全うできるよう、君が『子』として我が家でいい思い出を積み重ねていけるよう、同じ母の子のひとりである俺は、正しく振る舞わなければならない」

「めんどくさ……あっ！　今のなし。すいません！」

思わず本音を呟《つぶや》いてしまった愛生は、慌てて両手をぶんぶんと振り、失言を打ち消そうとする。

一瞬、呆気《あっけ》に取られた一憲は、やれやれと苦笑いして言った。

「弟にも、よく言われたものだ。ほとほと、俺は面倒臭い男らしい」

「弟って、こないだの凄《すご》いかっこええ人ですよね？」

「そうだ。俺に似ず、顔のいい男だろう」

「確かに。あっ、すいません！」

うっかり同意してしまった愛生は、アワアワと謝り、焦る。一憲は、そんな姿にごく自然に口元を緩めた。

「いいんだ。本当のことだからな。さて、問題集のどのあたりに……」

「あの、ちょっとだけめんどくさいけど、おじさん、いい人やと思います」

「えっ？」

「私が質問して、おじさんがわからへんかったとき、次までに絶対調べといてくれて、凄いわかりやすく説明してくれはるから。私、ただの他人やのに、凄い時間使ってくれてはるんやってわかって」

「さっきも言ったが、もう他人だと思ってはいない。この歳で兄気取りは厚かましいだろうが」

一憲に皆まで言わせず、愛生は恥ずかしそうに小さな声で言った。

「お父さんて、そんな感じなんかなって思います。いつか、おじさんが子供をもらったとき、私、お姉さんぶりたいけど、ちょっとヤキモチ焼くかも」

「えっ？」

「あ……や、やっぱり、なっちゃんさんに見てもらってきます！」

赤い頬の愛生は、一憲から問題集を引ったくり、バタバタと二階へ駆け去ってしまう。

その小さな背中を呆気に取られて見送った一憲の顔が、ゆっくりと笑み崩れた。

（そうだ。俺は、お父さんから「お前はいい子だ」と言われたかったんだ。俺自身を、そのときのありのままの姿を、褒められたかった）

今、愛生から思いがけず貰った「いい人」という言葉が、優しい熱を帯びて、一憲の心に染み渡っていく。

子供の相手は相変わらず苦手だが、何かしてやりたいと努力したその気持ちは、かつての海里には伝わらずとも、今、目の前にいた愛生にはしっかり伝わっていたようだ。

「俺も、少しは進歩したらしい。……いい人、か」

もし、奈津か海里が見たら心配するような浮かれた笑顔で、一憲は目を閉じた。

そして、いつか自分と奈津のもとに来るであろう子供のためにも、「もっといい人」になろうと誓ったのだった……。

どうも、夏神です。今回は、始めたばっかしの「ひるめし屋」のある日のメニューをご紹介さしてもらおうかと。ご家庭で簡単に作れるように、ナポリタンは「しっかり焼き付けるんは具とソース、麺は和えるだけ」の、失敗の少ないやり方にしてみました。サラダも、簡単でどんな料理のときも合うんで、試してみてください。デザートは、イガに任せました。

イラスト／くにみつ

「ひるめし屋」のナポリタン

★材料(2人前)

スパゲッティ　160〜200g
お好みの太さでええですけど、太めが懐かしみがあってええと思います

タマネギ　小さめなら1個、大きめなら1/2個

ハム、ベーコン、またはソーセージ　100〜120g
このあたりはお好みで

しめじ　1パック
椎茸なら2〜3枚、マッシュルームなら4〜5個くらい

ピーマン　1〜2個

砂糖　小さじ1

ケチャップ　大さじ3〜4
味の濃さはお好みで調整してもろたら

パルメザンチーズ　大さじ2
いわゆる粉チーズがええんやけど、もしピザ用のチーズが余っとったら、それを2つまみほど使ってもろても

癖のない食用油　適量
俺は米油派ですけど、お好きな奴で

塩、胡椒　適量

バター　10gくらい

★作り方

❶まずはスパゲッティを茹で始めましょか。大きい鍋に水の1%くらいの塩入れて……て言いますけど、1リットルの水に、塩小さじすり切り2よりちょい少ないくらいでええかと思います。ソースがしっかりしとるんで。茹でてすぐ使うんやったら、茹で時間は袋に書いてある指定の時間より1分長めに茹でると、昔風の味わいになります。その辺はお好みで。
野菜や肉類は、食べやすう好きなように切ってください。タマネギは薄切りがええかな。ピーマンは、俺は種を取って輪切りにするんが好みです。
❷フライパンに油を軽う引いて、強めの中火で、肉類とタマネギ、キノコ類を炒めます。タマネギにうっすら透明感が出て来たら、ピーマンを足して、ぱぱっと胡椒と砂糖を振りかけます。焦げやすうなるんで、ここからは手早うやりましょう。
❸ピーマンの緑がパッと鮮やかになったら、炒めた具をフライパンの片側に寄せて、空いたところにケチャップを入れます。もっと多いほうがええな〜と思うたら、ここで足してもろて。フライパンの、ケチャップがあるほうを火の真上にして、ジャッジャッと沸いてきたところを引っ繰り返すみたいにして混ぜて、しっかり火ぃ入れてください。これで、酸味が飛びます。
❹ケチャップの色がちょっと暗う、濃うなったな〜と感じたら、具と混ぜ合わせて、味を見てください。ええ感じやったら、火を止めてしまいましょ。塩気が足りんかったら、スパゲッティの茹で汁をちょいと足してもええです。そこに、茹でたてのスパゲッティをようお湯を切って入れて、バターとパルメザンチーズを入れて、満遍のう和えてください。麺を焼き付けるとバサバサすることがあるんで、こういう風にしとります。とろけたパルメザンチーズがこびりつくんで、箸は、再利用しまくって、もう捨てたいくらいの割り箸なんかを使うてもらえるとええですね。
❺店では刻んだパセリを散らしますけど、家では何もなくても大丈夫です。ピーマンは、グリーンピースやらキヌサヤやら、緑の野菜に適当に置き換えてもろてええです。俺、こないだ手持ちの空豆で作りましたけど、旨かったですよ。

※もし、茹で置きの麺を使うときは、最後、和えんと弱火で温めるようにじっくりソースに絡めてもろたら。そのときは、チーズとバターは火を止めてから入れてください。

ども、デザート担当の五十嵐です。これ、作り方が雑すぎて夏神さんに「マジか……」ってどん引きされたんだけど、作ってみると素朴で旨いんだ。味は、予想してたまんま！　でも、腹いっぱい食った後のデザートって、そのくらいがいいんじゃないかな。

缶詰のみかんとヨーグルトで簡単デザート！

イラスト／くにみつ

★材料（ヨーグルトが使い切れる量）

無糖ヨーグルト　1パック

だいたい400gを想定しています

缶詰のみかん

　みかん（固形量）300〜400g

　シロップ　50cc

砂糖　小さじ1〜大さじ1

グラニュー糖が、溶けやすくていいと思う

ここはお好みで。敢えて砂糖なしで作って、足りなければ食べるときに砂糖パラリ、または蜂蜜たらり、ってのも意外と悪くないよ

★作り方

❶大きなフリーザーバッグ（いっぺんに食べ切れないなら、2つくらいにわけるといいね）を用意して。口を大きく折り返し、底を広げて、安定した状態で台に立てておこう。

❷材料をフリーザーバッグに入れて、できるだけ空気を追い出しながらしっかりと口を閉じる。ここがいちばんの重要ポイントだよ！
そうしてから、砂糖を溶かし、みかんを軽くほぐしながら、袋の上から優しく満遍なく揉む。みかんのほぐし具合はお好みで。

❸バッグをバットの上に載せて（当たり前だけど、口が上に来るように！）、冷凍庫で冷やし固める……んだけど、余裕があったら、途中でもう一度くらい揉んでやると、なおいい感じになるよ。

❹固まったら、食べる前に少しだけ常温に置いて、もう一度全体的に軽く揉んで、エアリーな感じで器に盛りつけて！　もし余ったみかんや他のフルーツ、ウエハースやクッキーなんかがあったら、上に飾るとなおそれっぽく仕上がるよ。俺は店のお約束、ミントの葉をちょいと載っけた！

こってりナポリタンに意外と合う！
レタスがたくさん食べられるサラダ

★材料（作りやすい量）

レタス　半〜1玉
（大きさによりけりやけど、まあ、食べたいだけっちゅうことや）

ちりめんじゃこ　ガッと大きなひと摑み
（手に入るようならかまあげしらす）

塩蔵わかめ　40〜50g
（これもまあ、食べたいだけ入れてええよ）

焼きのり　3〜4枚
（これも……以下略や！）

ごま油　大さじ1.5〜2

ポン酢　大さじ2

胡椒　適量
（黒胡椒の粗挽きが合うと、個人的には思うけど、どんなんでもええよ）

ごま　大さじ1〜2ほど
（白でも黒でも金でも）

鶏ガラスープのもと　1つまみ
（これは、なかったらないで大丈夫や。ほんの少しだけ入れると、わかりやすい味になる）

★作り方

❶レタスは洗ってよう水気を取って、一口大にちぎる。塩蔵わかめは、たっぷりの水に5分くらいつけて、しっかり塩を抜こう。抜けたらやっぱし水気を絞って、食べやすう切っとく。
❷でっかいボウルに、ごま油〜鶏ガラスープのもとまでの材料を全部入れて、泡立て器、なかったらヘラかスプーンでざっと混ぜとこう。
❸そこに、レタス、わかめ、ちりめんじゃこ（またはかまあげしらす）を入れて、ワイルドにやりたかったら手ぇで、お上品にやりたかったら……何やろ、でっかいフォークとスプーンやろか……何しか、よう和えて。俺は、綺麗に洗った手でやるんが、いちばん上手いことできると思う。こんときに、もし刺身のツマの大根なんかが余っとったら、ざくざくっと切って足しても旨い。ちょこっと味見して、塩気が足りんようなら塩を追加してもええ。けど、一口目は少しだけ物足りんな〜、くらいがちょうどええと思う。
❹器にこんもり盛りつけたら、テーブルに出す直前に、焼きのりを適当にちぎってぱらぱらっと飾ろう。まだごまがあったら、仕上げに振りかけてもええ感じや。

※ちりめんじゃこが手元にないときは、ツナ缶の油をよう切って使うても合う。何やったら魚抜きでもまあ旨いけど、そんときは、鶏ガラスープか、他の出汁のもとを使って味を足したほうが、若いもんにはええかもしれん（と、イガが言うとりました）。

本書は書き下ろしです。
この作品はフィクションです。実在の人物、団体等とは一切関係ありません。

最《さい》後《ご》の晩《ばん》ごはん

兄弟《きょうだい》とプリンアラモード

椹《ふし》野《の》道《みち》流《る》

令和５年　３月25日　初版発行
令和６年　10月30日　４版発行

発行者●山下直久

発行●株式会社KADOKAWA
〒102-8177　東京都千代田区富士見2-13-3
電話　0570-002-301（ナビダイヤル）

角川文庫 23587

印刷所●株式会社KADOKAWA
製本所●株式会社KADOKAWA

表紙画●和田三造

●お問い合わせ
https://www.kadokawa.co.jp/（「お問い合わせ」へお進みください）
※内容によっては、お答えできない場合があります。
※サポートは日本国内のみとさせていただきます。
※Japanese text only

ISBN 978-4-04-113518-1　C0193

◆◇◇

角川文庫発刊に際して

角川源義

第二次世界大戦の敗北は、軍事力の敗北であった以上に、私たちの若い文化力の敗退であった。私たちの文化が戦争に対して如何に無力であり、単なるあだ花に過ぎなかったかを、私たちは身を以て体験し痛感した。西洋近代文化の摂取にとって、明治以後八十年の歳月は決して短かすぎたとは言えない。にもかかわらず、近代文化の伝統を確立し、自由な批判と柔軟な良識に富む文化層として自らを形成することに私たちは失敗して来た。そしてこれは、各層への文化の普及滲透を任務とする出版人の責任でもあった。

一九四五年以来、私たちは再び振出しに戻り、第一歩から踏み出すことを余儀なくされた。これは大きな不幸ではあるが、反面、これまでの混沌・未熟・歪曲の中にあった我が国の文化に秩序と確たる基礎を齎らすためには絶好の機会でもある。角川書店は、このような祖国の文化的危機にあたり、微力をも顧みず再建の礎石たるべき抱負と決意とをもって出発したが、ここに創立以来の念願を果すべく角川文庫を発刊する。これまで刊行されたあらゆる全集叢書文庫類の長所と短所とを検討し、古今東西の不朽の典籍を、良心的編集のもとに、廉価に、そして書架にふさわしい美本として、多くのひとびとに提供しようとする。しかし私たちは徒らに百科全書的な知識のジレッタントを作ることを目的とせず、あくまで祖国の文化に秩序と再建への道を示し、この文庫を角川書店の栄ある事業として、今後永久に継続発展せしめ、学芸と教養との殿堂として大成せんことを期したい。多くの読書子の愛情ある忠言と支持とによって、この希望と抱負とを完遂せしめられんことを願う。

一九四九年五月三日